買われた女将軍は執着愛に縛られる

Hana Nishino
西野花

Honey Novel

Illustration

ゴゴちゃん

CONTENTS

何度目かに聞こえた爆発音と振動に、アディリスは絶望的な目線を空に向けた。大砲が命中したことによる破壊の音と土煙が宙を舞う。

もはや砦《とりで》の敷地内にまで敵が入り込んでいた。アディリスは泥と埃《ほこり》で汚れた白い頬を拭うと、背後の部下たちを振り返る。

「ここももう長くは保《も》たない。君たちは撤退しろ」

そう告げると、部下たちは顔を見合わせた。

「将軍はどうなさるおつもりですか」

「私はここに残って時間を稼ぐ。その間に君たちは逃げるんだ」

「そんな将軍！」

「将軍も一緒に！」

「それはできない」

アディリスは首を横に振る。

「これは意味のない戦いだ。そして我が軍は負けるだろう。あたら命を散らすことはない。責任を取るのは私だけでいい」

エグバート皇国は近年、近隣諸国への侵攻による領土拡張を繰り返してきた。それは強引な政策を講じる皇帝ミゲルの御代《みよ》になってからのことで、急激な軍拡は諸国との軋轢《あつれき》のみならず皇国内にも反対派をもたらした。だが皇帝に逆らえば厳罰に処され、苦言を呈した家臣を不穏分子として処刑するほどだった。

アディリスはそんな国で生まれ育ち、若くして将軍の地位にまで上りつめた。下級貴族の家に生まれたが、女ながらに剣の才能があると言われ、子供の時から正規軍の養成所に入れられた。正規軍の養成所の幼年クラスでは剣の修練のみならず、読み書きや一通りの教養までもがカリキュラムに含まれている。しかも学費がかからないとあっては、両親がアディリスを養成所に入れたのはそういった理由もあったからだろう。

「エグバートは恨みを買いすぎた」

いずれこんなことになるのではないかと思っていた。エグバートに攻め込まれた国同士が密《ひそ》かに手を取り、情報の共有や物資の援助なども行い、同盟国をも寝返らせて反撃をした。おそらく皇国内にも内通者がいたのだろう。

だが軍人は命令に逆らうことができない。理不尽な任務だろうと粛々とこなすしかないのだ。たとえその先に待ち受けることがどんなものであっても。

「急げ！　もう時間がないぞ！　後方が手薄なうちに！」

「エイヴァリー将軍!!」

「駄目だ、来い！」

未《いま》だアディリスを連れていこうとする部下を、別の部下が押し留《とど》める。最敬礼を行う彼らに頷《うなず》いて、アディリスは剣を抜く。

彼らが逃げきるまでの間、時間を稼がなくてはならない。

砦の外に出ると、正面には夥《おびただ》しい数の兵士たちがいた。

（この兵士たちの数が、我が国に向けられた憎悪の数か）

アディリスは兜《かぶと》を脱ぎ捨てた。長い金髪が波打って背中に落ちる。敵の兵士たちの中から

おお…、というざわめきが漏れた。

「さあ、このアディリス・リム・エイヴァリーの首を獲《と》りたい者は、かかってくるといい！」

見開いた瞳の赤い色が太陽に反射して宝石のようにきらめいた。

四方を壁に囲まれた部屋は冷え冷えとしていて、裸足《はだし》のつま先はほとんど感覚がなかった。

粗末な寝台に座りながら、アディリスはこちらに近づいてくる複数の足音にゆっくりと顔を上げる。それはアディリスのいる牢《ろう》の前でぴたりと止まった。

「アディリス・リム・エイヴァリー」

刑務官の呼びかけに、無言でそちらに視線を向ける。

「お前の処刑が明日に決まった」

ようやくか、とアディリスは思う。あの砦で死ぬつもりだったにもかかわらず生け捕りにされた自分は、装備も武器もすべて取り上げられ、粗末な布の服だけを与えられて収監された。

それから二ヶ月。食事の内容も衛生状態も決していいとは言えないまま、アディリスはひたすらこの日を待っていた。自害しなかったのはひとえに、同じように捕縛された部下たちの命を守るために過ぎない。

「お前の願い通り、お前の部下に関しては生かして国もとに返してやろう。どっちみちエグバートは終わりだ。希望があれば、いずれかの同盟軍にて軍属で迎え入れよう」

エグバートは多国籍軍に敗れ、その国体もほぼ解体されるという。そんな状況にもかかわらず民衆は圧政から逃れられるということで、むしろこの結果を歓迎しているらしい。皇国のために尽くせと言われて生きてきたアディリスの役目は、ここで終了したということになる。

これまで数々の戦場で戦績を残してきたアディリスは、それだけ恨みを買っている。諸国からは『魔女』として恐れられ、処刑を望む声が多かった。

「部下たちに対し寛大な処置、感謝する」

「それだけか」

刑務官の言葉の響きに悪意のようなものが感じられた。彼の周りにいる補佐官らしき男たちも、アディリスの反応に興味があるようだった。

「お前の処刑方法だが、火刑と決まった」

「――――」

火刑。木材や藁《わら》の上に立たされ、生きたまま焼かれるという非常に苦痛の大きい処刑法だ。主に宗教的な犯罪を犯した者が処されるという。

「エグバートの魔女を殺すとなれば、それなりの方法をとらねばならんからな」

刑務官はアディリスの反応を窺《うかが》うように、格子越しにのぞき込んできたが、アディリスはふいと顔を背け、「そうか」と言っただけだった。

「怖くはないのか？　火刑の苦痛は凄《すさ》まじいぞ」

「自分の死ぬ方法も苦痛も興味はない」

感情のない声でアディリスがそう告げると、刑務官たちの間に落胆の色が広がる。

「ふん。まったく可愛《かわい》げのない女だ。いくら美しくとも興ざめだな。泣いて縋《すが》れば、斬首刑に変えてくれるよう口を利くこともできたのに」

当てにならない言葉だ、とアディリスは思った。実際そうやって誇りを削るような真似《まね》をしても、訪れる結末はたいして変わらないだろう。アディリスはそこまで純真でも無垢《むく》でもない。

「当日になって、せいぜい泣き喚《わめ》くことだな！」

足音も高く刑務官たちは去っていった。一人残され、そこでアディリスは初めてほう、と息をつく。

これが私の結末か。

アディリスの人生は、決して喜びに満ちたものではなかった。下級貴族の家に生まれたが、自分はその家の本当の娘ではない。何か事情があって引き取らねばならなくなったらしい。

エイヴァリー家は貴族と言えどもさほど裕福ではなく、アディリスはその家の本当の子供とは何もかも差をつけて育てられた。正規軍の幼年クラスに入れられた時は、食事をまともにとれるということにむしろ感謝したくらいだった。常時空腹を抱えているというのは、子供にはなかなかつらいものだった。

たまたま剣の才能があり、出世と共に給金は増えていったが、それらはほとんどエイヴァリー家が持っていった。それでも、アディリスは自分が不幸だとは思わなかった。戦場で戦い武功を立てることは国に必要とされることだ。部下は皆アディリスに信頼を寄せてくれ、将軍と共に戦えて嬉《うれ》しいと言ってくれる。

(皆、幸せになってほしい)

自分のことは忘れてもいい。魔女とそしられながら焼かれようとも、その後は何もない闇が待っている。地獄に堕《お》ちるとしても、それは自分だけでいいのだ。

「……疲れた」

けれどそれも明日で終わる。アディリスは凍えた両脚を引き寄せ、膝を抱いてその上に顔を埋《うず》めた。

「アディリス・リム・エイヴァリー。時間だ。出ろ」

刑務官たちが牢の扉を開け、アディリスに出るように促す。素直に従ったアディリスの両手は後ろ手に括《くく》られ、前に回された縄を引かれて歩くように言われた。

石畳の廊下を過ぎ、階段を上がると陽《ひ》の光が目に突き刺さる。

「……っ」

眩《まぶ》しい。

思わず顔を背けると、背中を小突かれた。目を開けるとすぐ前に馬車が止まっているのが見える。

「乗れ」

馬車に乗るように指示され、アディリスの頭に疑問符が浮かぶ。

「……？」

てっきり馬に乗せられ、市中を引き回されるのかと思った。火刑にされるような罪人は大抵がそのような運命を辿《たど》るからだ。

外から鍵がかけられ、アディリス一人を乗せたまま馬車が動き出す。窓には板が打ちつけられて外が見えないが、どうにも違和感が拭えなかった。馬車は音を立ててしばらくの間走っている。

（おかしい）

この馬車は本当に処刑場に向かっているのだろうか。やけに長い間乗っているような気がする。御者に確認しようにも、そちらにも板が打ちつけられていて、アディリスはまったく外部の様子を確認することができなかった。

そしてようやっと馬車が止まり、扉が開けられる。

「降りろ」

馬車から降りたアディリスは、目の前の光景に啞然《あぜん》とした。そこは処刑場ではなく、監獄でもなかった。そこにあるのは瀟洒《しょうしゃ》で立派な建物である。アディリスが育ったエイヴァリー家よりもよほど大きかった。

その門の前に、一人の男が立っていた。一目見て上等な衣服を纏《まと》っていることがわかる。髪はやや癖のある栗色《くりいろ》で、美しい緑色の瞳をしていた。

(なんと美しい男性なのだろう)

思わず心で呟いたアディリスだった。そんな男性の前で自分がこんな粗末な身なりをしていることに、少しだけ恥ずかしさを覚える。

「ご苦労様。彼女を置いていっていいよ。ああ、縄は切っていってくれ」

男の声は深みと甘さが同居しているような不思議な響きだった。御者はアディリスを縛《いまし》めている縄をナイフで切る。ブツッ、という音がした後、両腕が自由になった。

「では、私はこれで」

御者は男に深々と一礼すると、空になった馬車に乗って帰っていった。

「え……？」

アディリスには状況がまるで摑《つか》めない。小さくなっていく馬車と目の前の美しい男を交互に見やっていると、男がにこり、と微笑《ほほえ》んで近づいてきた。

「っ！」

アディリスが思わず後ずさる。今の今まで死ぬつもりだったのに、こんなにも警戒心が沸き上がるのは自分でも不思議だった。

「怖がらなくともいい。君を害するつもりはない。俺の名はジェラルド・ジョス・レアンドル」

「……ジェラルド・ジョス・レアンドル……？」

その名前には聞き覚えがあった。

「まさか、デラウムの……？」

「ああ、知っていてくれたか。これは嬉しいな」

アディリスの驚きはますます大きくなった。商業国家デラウム。大陸の東に位置する商業に重きをおいた国家だ。そのデラウムの今の元首がジェラルドという名だ。

「そのジェラルド元首が私のような死罪人にいったいなんのご用でしょうか？」

「君はもう死罪人ではないよ。アディリス」

「……どういうことでしょうか」

「その前に、着替えようか。――――頼むよ」

ジェラルドが背後にそう声をかけると、建物の中から幾人ものメイドが姿を現した。メイ

ドたちはアディリスをあっという間に取り囲むと、建物の中に連行していく。

「え、あっ、ちょっと……！」

「ではさっそくお風呂のほうへ。お湯を沸かしてありますのよ」

「その後でお召し替えをしてから、ジェラルド様と一緒にお食事をしていただきます」

「ひ、一人で、一人で脱げる！」

裸に剝《む》かれそうになり、アディリスは必死で抵抗した。ふと目に入ったバスタブには温かそうな湯が張られている。まともに入浴するのはいつぶりくらいだろう。牢では布で身体《からだ》を拭くくらいしか許してもらえなかった。

そっと湯に足をつける。冷たい牢の中で凍えていた足がじわじわと暖まっていった。身体を半分つけると、思わずため息が漏れる。ジェラルドが何を考えているのかわからないが、これだけでも感謝したい気持ちになった。

「では、お身体と御髪《おぐし》を洗わせていただきますね」

頭の上から湯がかけられ、何人ものメイドが綿の布と石鹸《せっけん》でアディリスの身体を洗っていく。自分で洗う、と言いたくても、口の中に湯が入りそうで無理だった。湯も何度も新しく替えられていく。まるで自分が洗濯物になったような気分だった。

だがそのおかげで、アディリスの肌はぴかぴかに磨き上げられ、くすんでいた金髪も本来の艶と輝きを取り戻す。

「ふ――っ、これで綺麗《きれい》になりましたね」

メイドたちは達成感いっぱいといった表情で額を腕で拭った。

「さあ、次はお召し替えです」

身体を拭かれ、次の部屋に移る。そこにはドレスラックにかかった何着ものドレスと化粧台があった。

「アディリス様は、どんな色がお好きですか？」

「……私がこれを着るのか？」

どれも仕立てのいい、上等な生地を使っている。アディリスは鎧《よろい》をつけていない時にはいつも質素な木綿のドレスを着ていた。それどころか、大抵は男の服を身につけていたのである。

多くの貴族の令嬢のように、美しいドレスを纏うなど自分には縁のないことだと思っていた。

「もちろんです。他にどなたが？」

「私はこういった衣装はあまり着ていなかったのでわからない。だが、ジェラルド元首の前に出るのに失礼のないような格好をしろというのであれば、任せる」

アディリスの言葉にメイドたちは互いに顔を見合わせた。彼女たちの間に、悪戯《いたずら》っぽい笑みが広がっていく。

「アディリス様は、青と赤、どちらがお好きですか？」

「……青」

「では青と紫では？」

ドレスラックにかかったドレスにちらりと目を向けた。そこには青と紫のドレスと両方あったが、青い方は胸元が大きく開いている。

「紫」

「では、こちらですね」

ドレスを着るのなんて、どれくらい振りだろう。真新しい下着とドレスを着せられると、人間扱いしてもらったような気がする。髪を丁寧に梳《くしけず》られ、軽く化粧を施されると、鏡に映る自分がまるで自分ではないような感じがした。

「あの、ありがとう。世話をかけた」

アディリスがそう言うと、メイドたちは最初にきょとんとして、それから嬉しそうに笑った。

「いいえ、お美しい方のお支度を調えるのは楽しゅうございます」

「私は美しくなどないが」

「あら、ご謙遜を」

アディリスは剣を取るにあたって、自分が女性として扱われるということはもうないものだと思っていた。男のように戦場を駆け回る女など、誰が相手にしたいと思うだろう。そんなアディリスの気持ちとは裏腹に、勝手に女らしくなっていく肉体はむしろ疎ましいものだった。この豊満な胸も、必要のないものだというのに。

支度が調ったのでいよいよジェラルドのところに連れていかれるという。階段を上がったところの部屋に通されると、途端に鼻腔《びこう》をくすぐるいい匂いがした。目の前のテーブルには様々な料理が置かれている。その奥に、ジェラルドが座っていた。

「やあ、美しいね」

「身を清める機会を与えてくださったこと、感謝いたします」

ドレスはともかく、温かい湯に浸《つ》かり身体を洗えたのはよかった。そう謝意を伝えようとしたのに、部屋に響いたのはアディリスの腹の音だった。無理もない。ろくなものを食べてこなかったところに、こんなに豪勢な食事を目の前に並べられたのだから。

「……大変、失礼をいたしました……っ」

最低だ。もう死んでしまいたい。今すぐ自分を処刑場に連れていってくれないだろうか。

「ああ、すまない。お腹《なか》がすいていたんだね。すぐに座って、食事にしよう」

だが彼はアディリスを笑わず、着席を勧めてくれた。俯《うつむ》いたまま席に座ると、すぐに飲み物が運ばれてくる。冷たい果実水は心地よく喉を潤してくれた。

料理はどれも消化のよさそうなもので、肉もよく煮込まれていた。牢の中にいたアディリスを気遣ってくれたのだろうか。いつしか夢中で口を動かしているアディリスを、彼はどこか嬉しそうに眺めていた。

やっと人心地がつき、お茶を飲んでいる時だった。アディリスはためらいがちにジェラルドに尋ねる。

「そろそろ聞かせてもらえませんでしょうか。今日処刑されるはずだった私がなぜここに連れてこられ、こんなもてなしをされているのかを」

「ああ、そうだったね」

彼は穏やかな笑みを絶やさずにこちらを見つめている。

「君は俺のことをどれぐらい知っている？」

「……商業国家デラウムの元首で大富豪。類いまれな商才と、あらゆる方面の知識を持っている、と」

「そんなに褒めてくれるなんて、嬉しいな」

「しかしその反面、商売敵には非情であり、寵姫《ちょうき》たちと口に出せないような行為に耽《ふけ》っている、とも」

アディリスがそう言っても、彼は口元の笑みを崩さなかった。無礼なことを言っただろうか。だがアディリスには、彼の目的がわからないのだ。こんなことをする意味が。

「まあそれも本当のことだよ。そしてね、俺は君のことを買ったんだ、アディリス」

「……は？」

「知っての通り、君の国エグバートは滅びた。この戦争に勝つために、俺は多国籍軍にずいぶんと支援をしたんだ。その見返りとして、君を買った。しかしそれを渋る者もいてね。手続きにずいぶん時間がかかったよ。間に合って本当によかった。もう少しで君の美しい身体が焼かれて炭になってしまうところだった」

「……なぜ？」

「ん？」

「なぜ私を？」

「君は強く、それでいて美しい。まさに奇跡的な存在だよ。殺してしまうなんて世界の損失だ」

言われ慣れない言葉に視線を伏せる。おそらく彼は、女将軍などという存在が物珍しく、稀少《きしょう》な品物を買うように手に入れたいと思ったのだろう。

あの牢獄から自分を出し、身なりを綺麗にしてくれて食事を与えてくれる彼は善人なのだろうか。だがアディリスは、処刑を待つ前よりも不安な気持ちに苛《さいな》まれていた。聞く噂《うわさ》が本当であったなら、いったい自分はどんな目に遭わされてしまうのだろうか。

「私をどうするのですか」

ジェラルドはにこりと笑って言った。

「君を俺の花嫁とするんだ」

「は……？」

花嫁と言ったのか、彼は。単なる慰み者ではなく？

「それは、あなたが私と婚姻するということで間違いはないのですか？」

「そうだよ」

「敵国の将であった私を？」

「俺はエグバートには滅んでもらいたかった。商売上、いろいろと目障りであったからね。けれど君のことは欲しいと思った」

質問を変えて何度か尋ねてみたが、結論は同じのようだった。信じられない、とアディリスは首を振る。

「理解できません」

「今はそうだろう。けれど、時間をかけてゆっくりと教えてあげるよ。君が俺の妻になるということをね」

妻。

自分は結婚はできないと思っていた。こんな可愛げのない女を誰が愛するだろうと。それなのに、大陸で最も豊かだという国の王が娶《めと》るという。

だが、彼はアディリスを買ったと言った。それはモノとして扱うということであり、本来の結婚とは意味が異なるのではないか。

そんなことをぐるぐると考えていたが、ジェラルドは優しく声をかけた。

「しばらくはこの国に滞在するつもりだ。その間にゆっくりと身体を休めるといい。牢での暮らしは思った以上に身体に堪《こた》えているはずだ」

「……ありがとうございます」

けれど、少なくとも今はアディリスの身体のことを考えていてくれている。それは確かなことだろう。

思いがけず、自分の人生はもう少し続くらしい。それがどんなことになるのか今はわからないが、彼の人となりを確かめてみよう、と思った。

ジェラルドの言う通り、牢での生活は思っていた以上にアディリスの肉体にダメージを与えていた。ジェラルドの屋敷に連れてこられて身を清め食事を与えられてから、アディリスは久しぶりの柔らかく温かなベッドでひたすら眠った。身体が回復をするモードに切り替わったようだった。

一日目は食事と入浴をする以外はほとんどベッドで眠っていた。二日目は少し歩き回り、ジェラルドとも一緒に食事をした。三日目はさらに外に出て、陽の光をたっぷりと浴びた。そうすると、元々の基礎体力が高いためか、アディリスはみるみる回復していった。

「ずいぶん顔色もよくなったし、頬もふっくらしてきたね」

四日目にそう言われて、アディリスは思わず自分の頬を両手で包む。

「こちらの食事が大変おいしいので……」

「それはよかった。料理担当のメイドも喜ぶよ」

滞在している間に教えられたのだが、この屋敷はジェラルドの別荘らしかった。こういった建物が、大陸のあちこちにあるらしい。商談などにも使っているらしい。

(なるほど。だから人をもてなすことにも慣れているのか)

デラウムは通常の国家とは違い、比較的新興国家であり、身分制度も緩い。王族扱いは息苦しいのだ、とジェラルドは笑った。

「ところで、アディリス」

「はい」

呼びかけられるトーンに何か通常とは違うものを感じて、アディリスは首を傾《かし》げる。

「今夜、君の部屋に行ってもいいかな」

あやうく手にしているカップを落とすところだった。夜に、男が女の部屋に来る。それがどういうことなのか、わからない年齢でもなかった。ただ自分には縁のないものと思っていただけで。

「アディリス？」

「……」

顔が熱い。手が微《かす》かに震えている。アディリスはカップをそっとソーサーに置くと、ためらいがちに彼のほうを見た。

この男が何を考えているのかさっぱりわからないが、彼はどうやらアディリスの身体に興味があるらしい。

「嫌かな」

「……嫌…ではないと思います。ただ……」

「ただ？」

「困惑しています」

「困っている？　なぜ？」

「どうしたらいいのかわからないからです。私がその機会を得ることはないだろうと思っていましたので」

「……あんな男だらけの環境にいて？」

「部下はそのような目で私を見ていません」

アディリスは半ばむきになって顔を上げた。ジェラルドはわかった、というように顔を上げる。

「君の部下たちは紳士だったんだな。俺が悪かったよ」

でもね、と彼は続けた。

「断言してもいいが、彼らは『そんな目』で君を見ていたと思うよ。……だがよかった。もしも俺の下世話な想像通りだったなら、彼らをすべて探し出して息の根を止めたいと思っていたところだった」

「え？」

今何かとてつもなく物騒な言葉を聞いたような気がして、アディリスは問い返す。ジェラルドは立ち上がって、座るアディリスに顔を近づけてきた。

「っ！」

口づけられるのかと思った。

「どうすればいいのかわからないなら、俺がすべて教える。何も心配することはないさ」

答えられずに固まっているアディリスに微笑みを残し、ジェラルドは席を立って先に部屋を出ていった。

その夜、アディリスはベッドの中でジェラルドの足音を聞いた。それが近づいてくるにつれ、鼓動がどきどきと速まる。初陣の時でさえ、こんなに緊張はしなかったように思う。

部屋のドアが静かに開いて、そこからジェラルドが入ってきた。夜着の上に長い羽織を纏っている。

「寝た振りをしていても無駄だぞ」

「……寝た振りなどしていません」

負けん気が頭をもたげてしまうのは自分の悪い癖だとアディリスは思う。だが、まるで敵前逃亡のように言われてしまうのはどうしても納得がいかないのだ。

「さすがは女将軍殿だ」

「からかわれているのですか」

「まさか」

ジェラルドがベッドの端に腰かける。彼の重みがこちらに伝わってきて、アディリスは息を呑《の》んだ。

「ジェラルド様がなぜ私を望まれているのか、よくわからないのです」

「君は何度かそのようなことを言うな。なぜだい？」

「私には女性としての魅力がありません」

「……まさかとは思うが、それは本気で言っているのか？」

ジェラルドの手がアディリスの頬に触れる。包むように触れられた瞬間、まるで魔法にかかったように動けなくなる。彼の男らしい、端整な顔が近づいてきて、頬が熱くなるのがわかった。

「君は美しいぞ。その金色の髪も、夕陽の色のような瞳も」

「……っでも」

「女性の象徴である胸も、こんなに豊かだ」

「んあっ」

胸のふくらみを大きな手に包まれ、持ち上げるように軽く揺らされて、変な声が漏れた。

今までこんなに秀麗な男性の側《そば》に寄ったことがなくて、その圧倒的とも言える雄の力に頭の芯がくらくらする。

「君が男に免疫がないのはわかったよ。優しくする」

アディリスはベッドの上でどんどんジェラルドに追いつめられ、逃げ場をなくしていた。

「可愛いアディリス。俺を信じて、受け入れてくれ。悪いようにはしないから」

それはまるで、悪役のような台詞《せりふ》ではないか。

ちらりと頭の隅に浮かんだ言葉も、唇を塞いできた彼のそれに呼吸すら奪われた。

「……っ、ぁ、ん、ううんっ……」

ちゅる、と舌を吸われるたびに、背中にぞくぞくと甘い波が走る。

生まれて初めての口吸いは想像していたものとまったく違っていた。お互いの存在を確かめるような、慈しむような、そんなものを思い描いていたのに、今自分たちがしているそれはあまりにも官能的であり、性的だった。

「…もっと舌を出してくれアディリス。俺に吸わせて……」

「……っあ、んぅっんんっ……」

わけもわからずに言われた通りにすると、ぬるん、と舐《な》め上げられて腰が震えた。口づけがこんな感覚をもたらすものだったなんて知らなかった。

「可愛いな、最高だ」

「ああっ」

耳の中に舌先を差し入れられて、くちくちとねぶられる。その時、身体の中をはっきりと快感が走り抜けた。身体から力が抜けて、アディリスは完全にジェラルドに組み敷かれる体勢になってしまう。

「ん、ふっ」

首筋から肩口にかけて優しく口づけられ、夜着が乱された。そしてアディリスは、そのふたつの膨らみをジェラルドに晒《さら》してしまうことになる。たわわなそれが、ぷるん、とまろび出た。

「ああ、すごいな……」

「あっ、んあっ、やああ…んんっ」

両手で揉《も》みしだかれる感覚に思わずを身を捩《よじ》った。無駄に豊満な乳房は、アディリスにとってむしろ邪魔なものでしかなかった。戦場では布を巻いたりして誤魔化《ごまか》していたのに、今はそれを愛撫《あいぶ》されてしまっている。

「もう少し強く揉んでもいいかな……？」

「んっ、は…いっ……」

こくりと頷《うなず》くと、彼の指が柔肉にめり込むほどに大胆に揉まれる。その時彼の指先が乳房の頂《いただき》に触れ、そこでぴんと尖《とが》っている突起をこりこりと刺激された。

「ああ、はっ！」

まるで雷に打たれたような感覚に貫かれる。その甘い感覚は身体の芯に絡みつき、じくじくと痺《しび》れさせた。

「あっ、あっ、ああっ、んっ」

ジェラルドの指がそこを弾《はじ》くたびにびくびくと身体が跳ねる。鼻にかかったような声も勝手に出た。

「ここが感じるんだね」

「やっ、あっ、なにっ、そこっ……！」

「ここは女の子の身体の中でも敏感だとされるところだよ。けれど、君は特に感じやすいみたいだな」

舐めたらどうなるんだろう、と言って、ジェラルドはそこに口を近づけた。

「や、あっ！　だめ、だめ…えっ、んぁっ、ああっ……！」

ふくらみの頂の乳首を口に含まれ、舌で転がされてしまう。むず痒《がゆ》いようなくすぐったいような刺激は耐えるのがひどく難しかった。甘い痺れが乳首から全身へと広がっていく。それはどこか泣きたくなるような快感だった。たっぷりとした乳房を思うさま揉まれながら、二つの乳首を順にねぶられていく。羞恥と快感がない交ぜになってアディリスを翻弄した。

「ん、く、くうう……んんっ」

口を開くとまた変な声が出てきそうで、アディリスは必死で唇を嚙《か》みしめる。それでも喉の奥から甘い呻《うめ》きが出た。

「声を我慢しているのか？」

「だ、だって、はしたないっ……、いやらしい女、みたいでっ……」

思わず訴えた言葉に、ジェラルドは一瞬驚いたような顔をすると、次にふっ、と笑みを浮かべた。それはこれまで見たこともない、雄臭い表情だった。

「はしたないのも、いやらしいのも素敵なことだよ。君の身体はそういうふうにできているんだ。……俺がそれを、教えてやろう」

ジェラルドの手が下のほうへと伸びる。太股《ふともも》を押し開こうとする動きにはっとなった。だが彼の指は巧みに奥へと忍んでいく。アディリスは慌ててその手を押さえようとした。

「んっくううっ」

けれど次の瞬間に込み上げてきた刺激に、アディリスの手はジェラルドの手ではなくシーツを摑んだ。

「わかるかい？　こんなに濡《ぬ》れている。君が感じている証拠だ」

ジェラルドの指が秘唇をこじ開け、熱い蜜壺《みつつぼ》へと滑り込んでいく。入り口を上下に撫《な》でられると下腹の奥がきゅううっと引き絞られるのを感じた。彼が指を動かすたびにくちゅくちゅと淫らな音が響く。

「あ、あんっ……あっ……」

アディリスは恥ずかしくて死にそうだった。こんなに恥ずかしいのに、頭の芯が煮えるほどに興奮を感じている。もっと暴いて欲しいと肉体が鳴いている。

「君がして欲しいことを、俺は君よりもわかっているよ」

ジェラルドの指先が秘唇の上方にある尖りを捕らえ、皮の上から軽く揉みしだいた。

「……あああぁ…っ！　あ、んんっ、んんっ」

そこに触れられた時、強烈な快感が走り抜けた。内奥がカアッと熱くなるのがわかる。

「あっ、そこ、だめ、だ、め、……んあぁぁんんっ……！」

快感が体内で弾けるように拡散し、アディリスはあっという間に極めた。両脚ががくがくと震えて止まらなくなる。

「イってしまったんだね」

「……あ、わ、私っ……？」

何が起こったのかよくわからなかった。ジェラルドが触れたところがひどく気持ちがよくて、あっという間に達してしまったのだ。

「もっと足を開いてごらん」

「ああっ」

両脚を割られ、さっきよりも恥ずかしい格好にされる。閉じたくても力が入らずどうしようもなかった。

「楽にしておいで。さっきよりももっとよくしてあげるから」

さっきよりも？　それだって、すごく気持ちがよかった。それよりもだなんて、どうなってしまうんだろう。

アディリスは普段の自分であれば絶対に考えもしないことを思っているのに気づいていた。だが、自分でもどうしていいのかわからない。

「ここは、女の子の一番感じるところだよ」

ぬちゃ、と音がして秘唇が押し開かれる。そして皮に隠れたところをそっと剝かれると、肉色の突起が顔を出した。それは固く尖り、ひくひくと震えている。

「俺に触られるのを待っているんだ。……可愛いね」

愛液を纏ったジェラルドの指が、その突起を根元からそっと撫で上げる。

「……んあ、あ――――……っ」

堪《こら》えきれない快感が突き上げてきた。そこを一撫でされるだけで、内股がぶるぶるとわなないてしまう。ジェラルドは指の腹で、そこを優しく撫で上げてきた。

「んっ、あっ、ああっ、あっんっ……！」

快楽で頭の中をかき回される。腰が勝手に浮き上がってしまう。

「また少し固くなった……。君のここが膨らんでくるのがわかる？」

「ふう、あ、んんっ、わ、わからなっ……」

「わからなくてもいいよ。イくまでこうして撫でてあげるから」

下から撫で上げるだけだったジェラルドの指が、肉色の突起をぐるりと撫で回すような動きに変わった。

「んんあぁぁあんんっ……！」

そのままくるくると嬲《なぶ》られると足先まで痺れるような快感に襲われる。蜜壺の奥から愛液

がとぷとぷと溢《あふ》れてきた。卑猥《ひわい》な音がまた大きくなる。

「っ、あ――……っ、あっ、んっ、くっ、くうう…っ」

また唇を塞がれて舌を吸われた。愛撫されたままのそれに、無我夢中で舌を吸い返す。両の膝ががくんがくんと震えた。捕らえられた舌をぢゅぅっ、と強く吸われる。その瞬間に頭の中が真っ白になった。

「んんんんぅ……っ！　～～～～っ」

声にならない声を上げ、アディリスはさっきよりも深い絶頂に呑み込まれる。余韻は長く尾を引き、頭がくらくらした。

「は……っ」

唇が離れると、アディリスはくったりと肢体を投げ出してしまう。立て続けに二度も極めさせられてしまって、身体が言うことを聞かなかった。

「君の破瓜《はか》は俺の城で行うよ」

だから最後まではしない、と言って彼は口づけた。

「その間に、君の身体を慣らしておこう。来たる日に俺のことを悦《よろこ》んで受け入れられるようにね」

力の入らない両脚を押し広げられる。アディリスの脚の間に割り入ってきたジェラルドの頭がその中心に沈み込んできた。

「え……っ」

　まさか、とアディリスの濡れた夕焼け色の瞳が大きく見開かれた。

「あ、そんな……っ、だめ、だめっ、あ、あっ、あっ！」

　秘唇を広げられたそこは、淫らにヒクつき、さらなる嬲りを待っている。その蜜壺を肉厚の舌がぬるり、と舐め上げてきた。

「あ、あああんんっ…、は、あ、あああぁぁ……っ」

　指とはまた違う刺激はアディリスをたやすく快楽の沼に突き落とす。とんでもない場所を舐められている。その事実に羞恥で身体が爆発しそうだった。

「ああっ、は、あうぅ、あっ、やっ、んんぁっ」

　ジェラルドの舌は丁寧にその部分を舐め上げ、時折蜜壺の中に舌を差し込んでくる。そのたびに言いようのない感覚が下肢を襲った。

「そ、そんな、ところ、舐め、ないでっ……」

「駄目だよ。君の可愛いところをたくさんいい子いい子してあげないと」

　彼は恥ずかしいことを言いながら今やアディリスの中を舌でかき回している。内側から愛液がどんどん溢れてくるのが自分でもわかった。腰の奥がじくじくと疼《うず》き、下腹も熱く痺れてくる。得も言われぬ感覚が奥から込み上げてきた。

「んう、あああっ…んん！」

快感の波がぐぐっ、とせり上がり、アディリスは軽い極みを迎えた。蜜壺がひくひくと収縮している。

「今、少しイった？」

「っ、わ、わからな……っ」

こんな感覚も初めてで、泣きそうになりながら首を振った。ジェラルドはそんなアディリスを宥《なだ》めるように立てた膝頭を優しく撫でる。

「いいんだよ。これからもっと気持ちいいことを教えてあげよう」

未知の絶頂に震えながらも、やっと終わった、と安堵《あんど》の息が漏れた。けれどそれはすぐに間違いなのだと知る。

ジェラルドがまた舌を伸ばしてきた。今度は蜜壺ではなく、さっきのひどく鋭敏な突起に。

「……あぁぁあ……っ」

「中でイけたご褒美をあげよう」

刺激で膨らんだ肉の突起を舌先が何度も舐め上げてくる。その刺激に腰骨が痺れ、足の爪先にまで甘い感覚が走った。

「はっ、あんんっ、あっあっ」

アディリスの声が先ほどよりももっと甘い響きを孕《はら》んだものになる。快楽が大きすぎて、どうしたらいいのかわからなかった。知らず知らずのうちに腰が浮いてしまい、彼の舌を悦ぶような動きを見せる。

「駄目だよ。おとなしくしておいで」

「んぅ、あ、あっ、だめ、わたし、また……っ」

幾度も与えられる快楽に、アディリスは自分の肉体が芯から熔《と》けていきそうな感覚に陥る。

そうして自身が女の身体を持っているということを思い知らされるのだ。

「ああっ、くぅうー…っ！」

大きく背を反らし、また絶頂を味わわされ、アディリスはいつやむともしれない快楽の渦の中に放り投げられていくのだった。


目を覚ました時、昼の濃い気配がカーテンの隙間から差し込んできているのがわかった。

アディリスはまだぼんやりとしている頭で上体を起こす。身体の芯がどこか気怠《けだる》かった。

「……あっ！」

次の瞬間、昨夜のことが一気に脳裏に浮かび上がってくる。慌てて自分の身体を見下ろすが、ちゃんと夜着は着ていた。実は最後のほうはよく覚えておらず、自分がいつ眠りについたのか把握していなかった。

「なんということ……」

それでも、自分がどんな痴態を彼に見せてしまったのかは覚えている。アディリスはベッドの上で頭を抱えた。

すると部屋のドアをノックする音が聞こえて、びくりと肩を震わせる。いつものメイドの叩《たた》き方ではない。

「起きているかい？」

姿を現したのは、やはりジェラルドだった。

「気分はどうかな？　どこか痛むところはない？」

彼はにこやかな様子で部屋に入ってきて、椅子にかかっていた長衣《ちょうい》を手に取るとアディリスの肩にかけた。

「昨夜はとても素敵だったよ」

「やめてください」

アディリスは顔の熱さを自覚しながら彼から目を逸《そ》らす。

「昨夜の私は……ひどかった。忘れてください」

「なぜ？」

ジェラルドはまったくわからない、というように尋ねてきた。彼ほどの女性経験があればそんなことはわかりそうなものなのに。それともわざと言っているのだろうか。だとしたら少し意地悪だ。

「当たり前でしょう。あんなはしたない……」

「俺はとても可愛かったと思うが」

肩を抱き寄せこめかみに口づけられる。その仕草はとても甘いものだった。

「確かに君があんなに感じやすいとは思わなかった。すぐにイってしまうから疲れが残ってやしないかと心配したんだが」

「……っ！」

直接的なことを言われ、どう反応していいのかわからない。それでもこちらばかりが困らせられているのは癪《しゃく》だったので、アディリスは極力平気な振りを装った。

「少し身体が怠い感じはしますが平気です。普通の女性よりは体力がありますので」

「そうか。それならよかった」

ジェラルドはほっとしたような顔をする。もしかしたら本気で心配をしてくれたのだろうか。この世慣れた一筋縄ではいかないような男のことは、アディリスにはよくわからない。

「それなら、さっそくで悪いんだが、すぐに支度をしてここを発《た》つよ」

「……え？」

「俺の国、デラウムへと向かう。ここも少しきな臭くなってきた」

「……それは、まだ私の処刑を望む人間がいるということですか」

ジェラルドは答えず、困ったように笑った。

「本当なら君を引き渡された時点ですぐに出発すべきだったんだけどね。君の憔悴《しょうすい》ぶりを見たら、とても動かせないと思ったんだ」

ここ数日はこの屋敷に籠もっていたので考えないでいられたが、ここは敵国のまっただ中なのだ。　そして本来であれば、自分は今頃は灰になっているはずだった。

「それなら、昨日の時点で出発すべきだったのでは」

「うん、その通りなんだけどな。どうしてもアディリスに触れてみたかった」

我慢できなかった、と言われて少し呆《あき》れてしまった。

今のアディリスを生かすも殺すもこの男次第だ。けれどジェラルドがアディリスを渡す気がないのなら、彼自身にも危険が及ぶ可能性がある。

「わかりました。すぐに支度します」

「そこまで慌てなくていいよ。風呂に入っておいで。食事は馬車の中でとってもらうことになるが」

「……はい」

昨夜の痕跡を洗いたいだろうと気遣ってくれたジェラルドに感謝しつつ、アディリスは湯を使った。それからメイドが用意してくれたドレスに着替えると、アディリスの支度はそれだけで終わってしまう。何しろ本当に着の身着のままで来たのだから。

建物の外に出ると、ジェラルドが馬車の外で待っていた。控えていたメイドが大きな籠を渡してくれる。

「サンドウィッチと果物です。葡萄《ぶどう》酒も入っております。アディリス様。短い間でしたが、楽しゅうございました」

「色々と世話になった。ありがとう」

「またお会いできるのを楽しみにしております」

恭しく礼をとるメイドたちに、アディリスは曖昧な笑みを浮かべた。この国にとってアディリスは死刑囚だ。おそらくおいそれとは戻れないだろう。

「アディリス」

ジェラルドが馬車の中から手を伸ばしてきた。アディリスはその手を取ると、馬車の中に身を滑らせる。

「出してくれ」

ジェラルドが声をかけると、馬車はすぐに動き出した。最初に来た時とは違い、外が見えないように板を打ちつけられていないので、アディリスは窓から外を見ることができた。

「今のアディリスを見ても、誰も死刑囚だとは思わないよ」

「本気なのですか」

こんな状況ではあるが、アディリスは彼に確認せずにはいられなかった。

「何がだい？」

「こんな危険を冒してまで、どうして私のような者を？」

「君を殺させたくなかったからだよ」

「私を慰み者にするためにですか」

ジェラルドを怒らせるかもしれない、とアディリスは思った。だが彼は苦笑のような表情を浮かべるだけだった。

「確かに俺はアディリスを性的な意味で可愛がりたいと思っている。あらゆる卑猥なことを君にしたい」

「っ…、その、言い方、なんとかなりませんか」

「あれ？　駄目？」

「おそらく私をからかっておられるのでしょうが、あまりいい趣味とは思いません」

今のアディリスの生殺与奪の権はこの男が握っている。ジェラルドを怒らせることは自分の命を縮めることになるのかもしれないが、かと言って媚《こ》びへつらうことはできそうになかった。

「からかっているつもりはないよ」

だが彼は怒った様子もなく言うのだ。

「君を手に入れて浮かれてるんだ。許してくれ」

「めずらしい女を手に入れたからですか」

「正直それもある。けれど一番は、君の健気《けなげ》さだよ」

「健気などと」

そんな言葉は自分から一番縁遠いのではないかと思う。

「いいや、健気だよ。置かれた場所で必死に役目を果たそうとしていたり、部下のために命を張ったりするところなんかが」

「ジェラルド様は、私のことを前からご存じだったのですか」

「まあ、多少はね」

「……」

どうやら彼はこれ以上は教えてくれる気はないようだった。アディリスはため息をつき、馬車の椅子に背中を預ける。

「納得したかい？　じゃあ、君の持っている籠の中のものを食べないか？　俺も昼食はまだなんだ」

「あ…、申し訳ありません」

アディリスは慌てて籠の上の布を取った。紙袋の中にはたくさんのサンドウィッチが入っており、それを彩るようにフルーツが敷き詰められている。その脇には葡萄酒の瓶とグラスが二つ入っていた。

「慌ただしくてすまないね。今日の夜には国境を越えてしまいたいんだ」

「いいえ。私のためにお手数をおかけします」

「君のためじゃないよ。俺が君を奪われるのが嫌なだけだ」

ジェラルドはまたそんなふうに言う。それではまるで、彼がこちらのことを好いているような言い方だ。

大陸一の大富豪に命を救われ、まるで情人のような扱いをされていても、アディリスは彼の真意を測りかねていた。

だって彼と自分とでは、経験値がまるで違う。

年頃の貴族の娘ならば当たり前のように行う恋の戯れも自分はしてこなかった。だからジェラルドの言動が本意か否かなんて、わかりっこないのだ。


ようやっと国境を越えたのは夜半過ぎだった。そこから一番近い町の宿に今日は泊まることになった。

「小さい宿しかないんだ。我慢してくれ」

「何も不自由に思うことはありません」

遠征の時などは野営をすることもあった。ベッドで寝られるなど充分すぎる。

だがジェラルドは受付でもらった鍵をチャラチャラと鳴らしながら言った。

「俺と一緒の部屋でも？」

「えっ!?」

いきなりそんなことになってしまって、さすがに変な声が出てしまう。

「部屋は二つしか空いていないそうだ。だから俺と君でひとつ。使用人たちでひとつ」

もしもアディリスが一人で寝たいと言えば、使用人たちは馬車で寝ることになるだろう。

ここまで安全に運んでもらった彼らにそんなことはできなかった。

「……わかりました」

昨日の今日で、どうしても意識してしまう。

ジェラルドとした行為は、正直言って嫌ではない。

(だから困るのだ)

アディリスは自分の中にあんな淫らな感覚が眠っていたなんて思ってもみなかった。それを彼に見られてしまうのがひどく恥ずかしい。

同じ部屋に入り、彼の動きを横目でちらちら見ながら、アディリスは自分がどうしようもなく意識してしまっていることに気づいた。

だが彼がアディリスに対し、何かしてくるという気配はなかった。それに対し多少のもやもやしたものを感じながらも、疲れもあって、ベッドに入るといつしか眠ってしまっていた。


「――アディリス」

「ん……」

ふわふわした心地よい眠りの中から、名前を呼ばれて意識が浮上する。この声に名前を呼ばれるのは好きだった。もっと呼んで欲しくなる。

「アディリス、朝だよ。起きてくれ」

「ん……、え？」

ぱちりと目が開いて、夕焼け色の瞳が露《あら》わになった。目の前にはひどく整った男の顔がある。

「おはよう」

唇に弾力のあるものが触れた。それが男の唇だとわかるまでに数秒かかった。

「まだ目が覚めないかい？　じゃあもう少し熱烈なのをしようか」

「だ……！　だ、いじょうぶ、です！」

アディリスは勢いよく上体を起こし、その場から飛び退《の》いた。ジェラルドはその様子がよほどおかしかったのか、声を上げて笑い出す。

「……そんなに笑わなくともいいではないですか」

思わずぼやくと、彼は目の端の涙を指で拭って言った。

「すまない、君があんまり可愛くて」

「……私は女の身でありながら剣を振るっていました。可愛いという形容からは最も離れている女だと思います」

「そうかな。俺はそうは思わないけど」

ジェラルドは向かい側のベッドに座って足を組む。

「確かに君は少しばかり変わった女の子かもしれない。でも俺からしたらとても魅力的だ」

それに、と彼は続けた。

「俺は君の可愛い顔を知っている」

一昨日《おととい》の夜のことを思い出し、アディリスは恨めしげに彼を睨《にら》む。それでも彼のことは嫌いにはなれなかった。

「さて、そろそろ支度して出発しよう。国境は越えたとはいえ、うちの国に入るまでは油断はできないからね」

「――――そうですね」

アディリスは我に返ると慌てて支度を始めた。ジェラルドはアディリスが着替える時には部屋を出てくれたりして、紳士的なのかそうでないのかわからない。

朝食をとった後で馬車に乗り込み、今日も彼の国に向けての移動が始まる。順調に行けばあと二日ほどで着くらしい。

窓から見える山の稜線《りょうせん》を眺めていると、自分が今こうしていることがなんだか夢のようにも思える。剣を取って戦っていた時、捕虜として牢獄に入れられていた時。そして突然牢から出され、ジェラルドに身柄を預けられた時。

——私は彼にとってなんなのだろう。

ジェラルドはアディリスを伴侶に迎えるなどと言っていたが、まさか本気ではあるまい。

(だとしたら、愛人か、愛玩対象か……)

それも運命だとも思う。投獄されている時に、可能性としてそれも覚悟していた。それよりは処刑のほうがいいと思い、告げられた時はむしろほっとしたものだが。

けれど今アディリスは、まさに彼の国に連れられていこうとしているのに、別段悲壮感もなく暢気《のんき》に馬車に揺られている。あんな目に遭わされたにもかかわらず。

彼が触れてきた夜のことを今も鮮明に覚えている。ジェラルドの指と舌の感触。巧みな愛撫でアディリスの内側を蕩《とろ》かし、舌先が敏感な部分を転がして——。

内奥にじん、とした疼きを覚え、アディリスははっとなる。思い出しただけで身体が反応してしまった。どうしてこんな——。

「アディリス」

名を呼ばれて顔を上げると、ジェラルドがこちらをじっと見つめていた。彼はふいに席から腰を上げると、アディリスの隣へと移動してくる。

「何か……？」

「今、君がとても可愛い顔をしていたから」

そう言って唇が重なってくる。突然のことに思わず瞠目《どうもく》したが、ジェラルドの唇がぬるり、と這入《はい》ってくると、身体が動けなくなった。

「ん……っ、んう…っ」

深くなる口吸いに眉を顰《ひそ》め、甘く呻いてしまう。ジェラルドの舌はアディリスの感じるところを丁寧に舐め上げてきて、それだけで身体の力が抜けてしまいそうだった。

「っぁ、はあ……っ」

長い口づけからようやく解放されてため息をついたアディリスだったが、ジェラルドの手がドレスの裾を捲《めく》り上げて手を滑り込ませてきていることにぎょっとする。

「な、何をっ……！」

「アディリスに触りたくなった」

大きな手が太股を撫でる。その感覚に、先日の夜の記憶が生々しく身体に甦《よみがえ》ってきた。

「だ、だめっ……！」

「大人しくしておいで」

それは優しい声だった。なのに有無を言わせない響きが含まれていて、アディリスはろくに抵抗もできずに彼の手を受け入れてしまう。

「大丈夫。約束通り最後まではしない。俺の国に着くまではね」

ジェラルドの手が際どいところまで忍び込んできた。内股を何度も撫で上げられ、思わず両脚を震わせてしまう。ふいにその手が脚の間を掠《かす》めていって、びくん、と身体が跳ねた。

「ふ、んっ」

「君の可愛いところを見せてくれ。見たい」

ふいにジェラルドの声に熱っぽい響きが混ざる。それに気を取られていると、下着の上から指先で何度も秘部の狭間《はざま》を撫でられた。

「……んや、あっ……！」

アディリスの身体を快楽が貫く。こんな場所で、という恥ずかしさが一層気持ちを昂《たか》ぶらせているようだった。

「気持ちがいいのを覚えたみたいだね」

「あ、こ、こん、な……っ」

蜜壺がじわりと潤ってくるのを感じた。ジェラルドの指先に肉の突起を捕らえられると、思わず声が出てしまう。

「ああっ、はあんっ……」

腰がじん、と痺れる。ドレスをたくし上げられて露わになった自分の脚が、勝手に外に開いていくのが見てとれた。閉じたいのに、身体が言うことを聞かない。こんなことは初めてだった。これまでのアディリスは女将軍として、剣を握れば自分の思い通りに身体を動かすことができていたのに。

ジェラルドに触れられ、快楽を覚え込まされてからは、肉体がまるで自分のものではないみたいだった。

「んうぅ…っ！」

固くなった突起をこりこりと揉まれ、思わず背筋が仰《の》け反《ぞ》る。

「だ、だめ…っ、下着が、汚れる……っ」

「そうか。じゃあ脱いでしまおうか」

薄い布がするりと引き下ろされ、片方の脚にだけ引っかけられた。個室の空間とはいえ、すぐ近くには御者たちもいる。そんな中で下半身を剝き出しにしているというあまりのはしたなさに目が眩《くら》みそうだった。

「は、恥ずかしい……っ」

「そうやって恥ずかしがるアディリスは可愛いよ」

もっと恥ずかしいことをしたくなる、と囁《ささや》かれると、背筋がぞくぞくと震えた。

「さあ、脚を開いて。直接触るよ」

「や、やぁあ…っ」

意地悪な指がぐっしょりと濡れた肉の尖りを捕らえる。優しく淫らに撫で回されて、たまらない快感が全身に広がっていった。

「あっ、あっんっ…、ん、んっ、あっ、…ああ、ああ…っ」

そこに触れられるのは二度目だが、前の時よりも感じた。感覚の塊のようなその部位を優しく執拗《しつよう》に愛撫されてじっとしていられない。

「可愛いね…、気持ちいい？」

「んっ、んんっ…んっ、んくぅう…っ」

なんとか声を漏らすまいとして唇を噛むが、甘い呻きが漏れてしまう。ジェラルドがそこで繊細に指を動かすたびにくちゅくちゅと音が響いた。アディリスの甘い吐息と混ざり合い、空間が淫らな空気で満たされる。

「声を我慢したら駄目だよ」

「い、や…っ、だ、だって…っ、聞こえる…っ」

いくらここが個室になっているとはいえ、あまり大きな声を出したら御者たちに聞こえてしまうだろう。

「気にすることはないさ。彼らは何も聞かない」

たとえ聞こえても聞かなかったことにしてくれる。ジェラルドはそう言った。

「ああっ…、そんなっ……」

「ここが好きだろう？」

快楽の芯である突起の根元から先端までを何度もなぞられ、全身が震えてくる。腰の奥から大きな熱が込み上げてきて、身体中に広がろうとしてきた。

「ああんっ、だめっ、いっ、いっ…あ！　～～～っ」

絶頂の瞬間にジェラルドが口づけてきて舌を絡め、アディリスの嬌声《きょうせい》を吸ってくれた。

「っ、……っ！」

全身がびくびくと跳ねる。頭の芯まで痺れるような極みに、無我夢中で彼の舌を吸い返した。

「……っ、は、ぁ……っ」

やがて次第に力が抜け、アディリスはくったりと身体の力を抜く。唇を離したジェラルドはアディリスの口の端に何度か口づけ、労《いたわ》るように髪を撫でた。

「あ……」

これで終わる。そう思った瞬間にジェラルドが動いた。彼はあろうことか床に跪《ひざまず》き、アディリスの脚の間に顔を寄せてきたのだ。

「何をっ、そんなっ……！」

床に跪くなど、一国の元首がすることではない。けれどジェラルドはそんなことはお構いなしに、アディリスの秘部に舌を伸ばした。そして濡れそぼつそこをぬるん、と舐め上げてくる。

「ん、ふうう……んっ！」

彼は何度か蜜壺の入り口を舐めると、押し開いたそこに指を挿入させてきた。

「あっ、あっ…」

アディリスのそこはもうすんなりとジェラルドの指を受け入れ、媚肉を嬉しそうに絡みつかせる。探るように動かされると、じんわりと甘い感覚が込み上げてきた。

「は…っ、はあ…っ」

「痛くない？」

アディリスは震えながらこくりと頷く。

「ならもう一本挿《い》れるよ」

彼の長い指がもう一本入ってくる。蜜壺の中がみしり、と広がった。軽い圧迫感を覚えたが苦痛とは感じない。それどころか、中を押し広げられるのが心地よい、とさえ思えてしまう。

「あう、くうんんっ……」

内奥からじくじくと変な感覚が生まれてくる。それと同時に、愛液が蜜壺を満たした。

「いい子だ。中を可愛がってあげよう」

「あ、や、あんっ、……っん、んあ、ああっ……」

ゆっくりと指を動かされると、得も言われぬ快感が込み上げてくる。腹の奥をじわじわと侵すようなそれに声を我慢できなかった。そして気持ちがいいと感じるごとに、奥から熱い蜜がどんどん溢れてくる。ぐちっ、ぐちっ、という音も大きくなっていった。

「ああっ…、もうっ……」

もう許して欲しい。そう哀願しそうになった。けれどそれよりも先に、もう一度ジェラルドの舌先が伸びてくる。そして先ほど達したばかりの尖りを舐められ、下肢が大きく跳ねた。

「あっ、んう――――…っ」

声を殺すことも忘れてしまい、アディリスは大きく喘《あえ》ぐ。中と突起を同時に責められてどうしたらいいのかわからない。腰掛けの上で背を反らし、彼が舌を動かすたびにびくっ、びくっ、と両膝を震わせた。

「っ、あ――っ、あぁぁあ…っ」

身体が熱い、下腹部が燃えて蕩けそうだった。自然と腰が蠢《うごめ》いてしまうのが止められない。

(だめ。だめだ。こんな、いやらしいの――――)

わずかに残る理性で必死に自分に訴えるものの、肉体は快感を悦んでいた。もっとして欲しいと、ともすると両脚がさらに開いていきそうになる。

「気持ちいいだろう？　たくさんイっていいんだよ」

そんな言葉を聞くと、まるで許されたような気分になる。これまで剣士として生きてきて我慢し、堪えてきたものをすべて出してしまってもいいのだと言われているような。

「やっ…あ、い、やああ……っ」

それでもアディリスが必死で耐えていると、蜜壺に挿入されたジェラルドの指で奥のほうをぐぐっ、と押された。その途端に強烈な刺激が込み上げてくる。思考が白く飛んだ。

「あっあああぁんんっ」

おびただしい愛液がどぷっ、と溢れ出る。絶頂に達してしまったアディリスは喉を反らせたままでひくひくと身体を震わせた。

「は…っ、あ……っ」

またイってしまった。こんな場所で。

アディリスが自己嫌悪に苛まれていると、奥でまた指がぐち、と動き出す。そして肉の尖りに吸いつかれ、じゅううっ、としゃぶられた。

「ひぁ、ああんん……っ」

もはや悲鳴にも近い嬌声が漏れるのを抑えられない。

アディリスはせめて手で口を押さえながらも、最も敏感な部分を襲う愛撫にさんざん翻弄されるのだった。

「機嫌を直してくれないか」

そっぽを向いたように窓の外に視線を向けているアディリスに、ジェラルドが途方に暮れたような声で呼びかける。

「悪かったよ。少し調子に乗った」

「……少し調子に乗ったくらいであんなことをするのですか」

その声はさっきまで甘く蕩けていたとは思えないほどに冷えていた。

ジェラルドは指と舌でさんざんアディリスをイかせたのだが、しばらくして正気に戻ったアディリスに無視をされていたのだ。

「アディリスを手に入れたと思ったら嬉しくてつい。君を前にすると我慢ができなくなる」

その言葉にアディリスは思わずため息をついた。

「どうして私ごときにそこまで……」

「謙虚なのは美徳だが、君は自分の性的魅力をいつになったら自覚するんだろうな」

「せ……」

「別に俺だけじゃない。他の多くの男だって君を見たら欲情すると思うが」

「信じられません」

「そうだね。俺だってアディリスを他の男に触れさせる気はない」

そんな言い方をされるとこれ以上は怒っていられなくなってしまう。アディリスは仕方なくジェラルドのほうを見た。

「もうこんなところで悪さをしないでください。……せっかくご用意いただいたドレスだって汚してしまいますし」

「アディリスはよく濡れるからなあ」

目元を朱に染め、きっ、と睨むと、彼は両手を上げて苦笑する。

「すまん。これも失言だった」

「……私を辱めるのがそんなに楽しいのですか」

生意気な女だという自覚はある。それ故に恥ずかしい思いをさせて屈服させたいのだろうか。だがそう言うとジェラルドはふいに真面目《まじめ》な表情になった。

「君に意地悪をしたいというのは本当だけど、辱めたいわけじゃないよ」

「でも……」

「笑ってくれていいよ。こんなに女性に興奮しているのは初めてなんだ。アディリスの色んな顔を見たい。笑った顔も、もちろん泣いた顔も」

そしてそれをすべて自分の手で与えたいのだと、ジェラルドは語った。

「そういうものなのですか」

「わからない。けど、俺の正直な気持ちだ」

彼は嘘《うそ》をついているわけではないだろう、とアディリスは感じる。商売上手、交渉上手のデラウムの王のことだ。嘘などつくのは赤子の手を捻《ひね》るよりも簡単なことだろう。けれども、今の彼はアディリスに対しては正直なことを話してくれているのかもしれないと思った。理解はできかねるが。

「……わかりました。ジェラルド様のものになった以上、あなたの意地悪に関しては受け入れるように努力します」

「無理することはない。怒る時は怒ってくれ。ひっぱたいてくれても構わない、むしろアディリスにならら叩かれたい」

わけのわからないことを言うジェラルドに、アディリスは面食らった。彼は間違いなくこれまでのアディリスの周囲にはいなかった男なので、どう対応していいのかわからない。それも、自分のような女を望むという。

(きっときまぐれなのだろう)

だが、それでもいいと思う自分がそこにいた。

馬車は順調に街道を進み、いよいよデラウムまであと少しというところに来た。山間の開けた向こうに街が見える。あれがジェラルドの国なのだ。

「もうすぐわが国に到着だ。お疲れ様」

「いえ」

この程度の旅程はアディリスにとってはどうということはない。むしろ馬車に乗っているだけ楽だった。

「ジェラルド様」

「うん？」

「それにしては、お顔に緊張が見られるようですが」

ジェラルドはいつも飄々《ひょうひょう》としているという印象だが、国に近づくにつれて注意深く辺りを見回しているような動作が見受けられる。それを指摘すると彼は少し驚いたような顔をして、それから苦笑を見せた。

「さすがはアディリス将軍。いや、ここまでどうも簡単に来すぎたな、と思ってね」

「……追っ手がかかっているということでしょうか」

「簡単に言えばそういうことだよ。君の身柄を欲しがっている者はたくさんいる」

「私を処刑したがっている者たちですね」

「いや、それだけじゃないよ。俺のような奴らもいる。他の目的を持つ奴らだってね」

その時急に馬車が止まって、アディリスとジェラルドの身体ががくん、と揺れた。

「――どうした」

ジェラルドが御者たちに声をかけると、前方から緊張した声が返ってきた。

「ジェラルド様、賊です」

見ると街道の向こうに武装した男たちがこちらを向いて立っていた。およそ二十人ほどはいるだろうか。

「君はこの中にいるんだ」

「ジェラルド様」

彼は腰掛けの下に収納していた武器を出した。銃だ。新しい武器で、まだ大陸にもそれほど出回ってはいない。これを大量に揃《そろ》えられたら、戦の勢力図ががらりと変わってしまうと言われているものだ。

「デラウムに入る前に阻止しようということか」

「どこの手の者だ」

ジェラルドは馬車を降りる。御者台にいた者たちも剣を抜いて地面に降り立った。

「答える必要はない」

「目的はなんだ」

「貴公のお命と、馬車の中にいる女の身柄だ」

アディリスは眉を顰めた。自分の身柄だけではなく、ジェラルドまでも亡き者にしようというのか。

「断ると言ったら？」

「――――実力行使のみ」

その一言で戦いが始まった。御者を務めていた男たちは訓練された兵士でもあったらしく、危なげのない剣さばきで敵を排除していく。ジェラルドは少し離れたところから銃を発砲した。敵の一人が打たれ、彼らの間に動揺が走ったが、自己を奮い立たせて再度襲いかかってくる。

(けれど、数が多い)

アディリスはたまらずに馬車を飛び出した。ここでじっとしているという選択肢は、アディリスの中にはなかった。

「魔女だ！　捕らえろ！」

「――――アディリス！」

賊が剣を振り上げる。だが、彼らの目的がアディリスの生け捕りであればさほど恐れることはなかった。獲物を殺すより生かして捕らえるほうがずっと難しいのだ。

アディリスは体術で男をかわすとその剣を奪い取る。ずしりと手にくる、久しぶりの剣の感触。

長年の身についた感覚で、アディリスはそれを斜め上に払った。ざくり、という肉を断つ感触。

「ぐわあっ！」

アディリスの目の前で男は倒れていった。側にいた男が慌ててアディリスに斬りかかろうとする。だが遅い。アディリスは姿勢を低く保つと、大きく踏み込んだ。すれ違った男が次の瞬間にどう、と倒れる。

数で上回ると思っていた敵方はアディリスの参戦で大きく崩れ、全員が地面に倒れるまでにそう時間はかからなかった。最後の敵がジェラルドの銃弾に倒れると、彼はまっすぐこちらに駆けつけてきた。

「アディリス！」

その声にびくりと肩を震わせる。ジェラルドは怒っているのだと思った。実際に彼はこれまで見たことがないほど怖い顔をしていた。余計なことをするな。そう怒られるのだと思った時、彼はぎゅう、とアディリスを抱きしめてきた。

「……っ」

「まったく――――、君は肝を冷やさせてくれる」

彼は心底安心したような声で言った。

「危ないことをするなと叱ろうとした。だが結局君のおかげで全員が無事だったようだな。ありがとう。よくやってくれた」

見ると、彼の部下も生きて立っていた。どこも負傷はしていないように見える。

「私でも、まだ誰かの役に立てたのですね」

もはや守るべき国もなく、多くの人に死を望まれた。そんな自分でもまだ礼を言われることがあるのだ。その事実はアディリスの胸に温かな明かりを灯《とも》した。

ジェラルドはそんなアディリスの頭を優しく撫でる。

「さあ、デラウムはもう目の前だ。行こう」

道に転がる男たちの身体を避けて、馬車は彼の国へと向かっていった。

「ようこそ、俺の国へ」

国境を越えると最初に小さな町のようなものが見え、それを過ぎると街道沿いに家屋や建物が多くなってきた。よく区画整理されており、計画的に樹木が配置されている。そして王都の中心部に入るとにぎやかさが増し、人も物もふんだんに溢れているように見えた。

一目見ただけでここが豊かな都市なのだとわかる。

(こんな国に資金面で協力を受けたら、戦況はかなり有利になるだろうな)

アディリスが生まれ育ったエグバートは、大国ではあるものの都市部でもここまでの活気はなかったような気がする。何より、人々の顔つきが違う。ここにいる人々は皆自由に、思い思いの生活を送っているように見えた。

「あっ、ジェラルド様!」

「ジェラルド様が帰られたぞ」

馬車が人々の側を通ると、ジェラルドの帰還に気づいた民たちが恭しく礼をとる。ジェラルドもまた、そんな彼らに向かって気さくに手を振り返していた。どうやら彼はひどく慕われている国主のようだ。

「どうかな？　デラウムの印象は」

「……人も街も活気があり、いい国だと思います。あなたがいい君主だということも」

　アディリスは率直な感想を言った。

「君にそんなふうに褒められると、なんだか変な気分だ」

　どこか照れたような彼の反応に、アディリスは首を傾げる。

「君がこれから生きていくところだ。気にいってくれたなら嬉しいよ」

「――――」

　そう言われて、今更ながらにジェラルドにここに連れてこられたことを認識した。自分はこれからここでどんな扱いを受けるのだろうか。どのような目に遭わされたとしても覚悟はできているつもりだ。そう思った時、彼がことあるごとに言っていたアディリスを伴侶にするという言葉をいまひとつ信用しきれていない自分がいることに気づく。

「そんなに心配そうな顔をする必要はないよ」

「え」

「悪いようにはしない。言ったろう？　もしかしたら君は、女将軍と呼ばれていたほうがよかったのかもしれないが」

「……いえ、私は……」

　アディリスは望んで剣をとったわけではないが、少なくとも何かの役に立っているという認識はアディリスの精神的な支柱となっていた。だが、今は。

「将軍職としての私の役目は、エグバートが滅びた時にもう終わっているものと思っています。本来なら、私はあそこで死ぬつもりでした」

それなのに、この男が強引に処刑場から連れ出したから。

人に触れられる喜びを知ってしまったアディリスが今、ここにいる。

「そうか」

ジェラルドはそう言うとふいに黙ってしまう。何か機嫌を損ねてしまったのか。アディリスは気になったが、男の機嫌を取る方法などわからなかった。


「お帰りをお待ちしておりました」

デラウムのジェラルドの王宮はエグバートのそれとは大きく異なっていた。エグバートの皇帝の居城はそれは壮麗で贅《ぜい》をつくされたものだった。

デラウムの王宮は、おそらくそれと引けをとらないほどに立派な佇《たたず》まいだとは思うが、豪《ごう》奢《しゃ》というよりは洒脱《しゃだつ》と言ったほうがいいような気がする。壁や柱、調度のひとつひとつにこだわりのようなものが感じられ、統一感があった。いかにもジェラルドにふさわしい城だという感じがする。

出迎えてくれたのは何人かのメイドと、これもどこか洒落《しやれ》た感じのする五十代ほどの男だった。きちんと整えられた髭《ひげ》がよく似合っている。

「やっと帰ってきたよ、ヘンリー」

メイドに上着を渡しながら、彼はぼやくように言った。

「ご無事で何よりでした」

「ああ。途中襲撃にあったんだが、彼女のおかげで切り抜けられた」

ジェラルドの言葉に、ヘンリーと呼ばれた男がアディリスを見やる。一瞬ですべてを検分するような視線に思わず居住まいを正した。

「そちらのご婦人が、例の……？」

「そうだ。丁重に扱えよ。俺よりもだ」

「心得ております」

「アディリス。彼はヘンリーという。侍従長みたいなものだ。何かあれば遠慮なくこき使ってやってくれ」

ジェラルドに紹介されると、ヘンリーは恭しく頭を下げる。

「ジェラルド様幼少の頃より侍従を務めさせていただいております。ヘンリー・ローガンと申します。これより誠心誠意アディリス様にもお仕えさせていただきますので、どうぞなんなりとお申しつけください」

　あまりにも丁寧に挨拶されたので、アディリスは少し面食らってしまった。慣れない貴婦人の返礼をする。ドレスの裾はこう摘《つ》まむのでよかっただろうか。

「アディリス・リム・エイヴァリーです。不調法者故ご迷惑をおかけすると思いますが、何《なに》卒《とぞ》よろしくお願いいたします」

「失礼ながらアディリス様は、将軍職でいらしたとか」

「……そうです」

「いえ、正直将軍を名乗っていらっしゃると聞いて、どのような貫禄《かんろく》のある女性かと思っていたのですが、これはお美しい……」

　そう言われてアディリスは苦笑する。

「無理もないことです。美しいかどうかはわかりませんが」

「ヘンリー、無礼だぞ」

　ジェラルドに不機嫌そうに窘《たしな》められ、侍従長は深く低頭した。

「これはご無礼を。どうか平にお許しください」

「いいえ、お気になさらず」

　むしろこんなに礼儀正しく迎えられて驚いているくらいだった。

「さてヘンリー、アディリスを部屋に案内してやってくれ。疲れているはずだから入浴とべッドの用意を」

「かしこまりました。――お前たち、ご案内して差し上げなさい」

「承知いたしました。ヘンリー様」

「アディリス様、どうぞこちらに」

ジェラルドの別邸に連れてこられた時と同じように、アディリスはメイドたちに囲まれて連行されてしまう。ジェラルドを振り返ると、彼はにこりと笑ってみせた。

「俺は少し仕事がある。夕食は一緒にとろう」

ジェラルドはそう言い残してヘンリーと一緒にどこかへ行ってしまった。アディリスはメイドに先導され、王宮の奥へと進んでいく。

「趣味のいい内装ですね」

この頃になるとアディリスも女性らしい言葉遣いを心がけるようにした。ジェラルドに恥をかかせないようにとの思いもある。

「ここデラウムには、大陸、いえ世界中から様々な商品が集まります。この王宮に集められるのは、その中でも特に選《よ》りすぐりのものなんですよ」

「ジェラルド様はとてもセンスがいいんです」

「あなた方のその制服もジェラルド様の見立てですか」

別邸に連れてこられた時から思っていたが、メイドたちの着る制服も、どこか洒落ていて機能的でありながらも可愛らしかった。

「そうなんです！　やっぱりわかりますか？」

「制服が可愛いと、仕事もやる気が出るんですよね。あと、これを着ていると三割増しくらいに可愛く見えるみたいです」

嬉しそうに話す彼女たちの言葉に、アディリスは首を傾げる。

「あなた方はそれを着ていなくとも充分可愛らしく見えますが」

アディリスがそう言うとメイドたちは一瞬顔を見合わせ、きゃあ、と笑った。

「そんな。アディリス様のほうがずっとずっとお美しいのに」

「綺麗な金の髪。瞳の色もめずらしくて、まるで夕陽のようですわ」

自身の容姿を褒められると、アディリスはいつも少しだけ困ってしまう。自分ではとてもそんなふうには思えないからだ。戦場で土煙にまみれて戦っていた女など美しいはずがない。

「さあ、アディリス様のお部屋はこちらになります」

案内された部屋に足を踏み入れたアディリスは思わずため息をついた。

薄手の美しい色のついた布が幾重にも重なった天蓋のベッド、花の模様が描かれた壁、磨き上げられた床。そして上質で洒脱な調度品。ところどころに生けられた花も、この部屋を構成する要素として完璧に調和していた。

「家具もリネンも、ジェラルド様がひとつひとつお選びになったんですよ」

「素晴らしいけれど、私にはもったいないような……」

「何をおっしゃいます。ジェラルド様は、『花嫁を迎えに行く』と言って出かけられたんですから」

そんな言葉を聞いたような気がするが、アディリスはこれまで本気にしていなかった。だがこの部屋を前々から用意していたと聞くと、本気だったのかと思わざるを得ない。

「……どうして私なのだろう」

自分のために用意された部屋の真ん中で、アディリスは一人呟《つぶや》いていた。

「私は、彼にふさわしいような女ではないのに。ついこの間まで男たちと一緒に剣を振るって、戦って、戦場を駆け回っていた。こんな美しい部屋を用意してもらうようなことは何もしていないのに」

嬉しいのに、未《いま》だにそんなことを思ってしまう自分が嫌だった。素直に喜べばまだ可愛い女だと言われたかもしれない。

「それは、ジェラルド様に直接お聞きになられたほうがよろしいかと」

「そうそう。きっと夜を徹して教えてくださいますわよ」

意味深な言葉に思わず赤くなる。

「さあさあ。旅の疲れをお風呂で落としましょう」

浴室は部屋の奥から行けるようになっており、風呂桶《ふろおけ》に温かい湯が張られていた。入浴も介添えをするというメイドたちの申し出を丁寧に断って、アディリスは自分で衣服を脱ぎ、湯に浸かった。じんわりと温まる心地よさに思わずため息が漏れる。用意されていた新しい石鹸で頭からつま先まで丁寧に洗って出ると、テーブルの上にお茶の支度がされていた。至れり尽くせりだ。

「お茶をお飲みになってゆっくりとお休みください。夕食はジェラルド様と一緒にとっていただきます」

「ありがとう」

「ご用があればすぐにお呼びくださいね」

そう言い残し、メイドは退出していった。アディリスはふう、と息をつくと、カップに注がれたお茶を飲む。花の香りがしてとてもおいしいお茶だった。

身体が温まったせいか眠気が急速に訪れる。やはり連日馬車で移動して疲れたのかもしれない。ましてや今日は立ち回りまでしてしまった。

アディリスは美しい布で彩られた寝台に潜り込む。これも素晴らしく寝心地のいいベッドだった。

(こんなに甘やかされたら駄目になってしまいそうだ)

眠りに落ちる寸前、アディリスはそんなことを思った。

夕方になってメイドに起こされたアディリスは、新しいドレスに着替えさせられた。

「赤がお似合いになりますね。瞳の色と一緒で」

胸元が少し開きすぎではないかと思ったが、メイドに聞くと夜だからこれくらいは普通だと押し切られた。それから髪を梳られ、化粧を施される。鏡の中に写った自分はなんだか他人のようで少し落ち着かなかった。

「本当にお美しいですよ。ジェラルド様もお喜びになります。自信をお持ちになってください」

メイドに背中を押されながら、ジェラルドの待つ部屋へと向かう。幾本もの燭台《しょくだい》に彩られたテーブルには、見たこともないような豪華な料理が並んでいた。そして先に待っていたジェラルドの姿を見て、アディリスはどきりとしてしまう。

彼もまた晩餐《ばんさん》用に衣服を改めていたのだが、旅の間のやや簡素な衣服ではなく、かっちりとした装いをしていた。もともとの男振りのよさも相まって、それが余計に色香を感じてしまう。

「美しいよ、アディリス」

ジェラルドはアディリスの髪に飾られた赤い薔薇《ばら》にそっと触れる。

「ずっと君をこうして着飾りたかった」

「素敵なドレスをありがとうございます。それと、お部屋も」

「ああ部屋か。気にいった？」

「はい。夢のようで」

アディリスの言葉に、彼は満足そうに笑った。

「よかった。腹も減っているだろう。食事にしよう」

二人が席につくとグラスに葡萄酒が注がれ、料理が運ばれてきた。食べたことのないものもあったが、どれも口に合った。

「どうかな？」

「おいしいです。とても」

エグバートの料理は塩辛いものが多かったが、こちらのそれは味つけが複雑で奥深い。そんなことを思いながら食事をするアディリスを、ジェラルドが愛《いと》おしそうな目で見つめていた。

「部屋ではよく休めたかい？」

「はい。お風呂に入ってからベッドでぐっすりと眠ってしまいました」

「じゃあ、今日の夜は逆に寝つけないかもしれないね」

「そうかもしれませんね……。本でもお借りしようかと思うのですが」

「読書もいいが、ひとつ提案がある。今夜は俺と過ごしてみるのはどうかな？」

「――――」

アディリスの手が止まった。

『君の破瓜は、俺の国に着いてからする』

そんな囁きを思い出してしまい、一気に顔に血が昇る。手が震えてカトラリーが音を立ててしまいそうなのを必死で耐えた。

「……っ私に」

ここまでしてくれた彼に何かを返したい。そして自分が彼に差し出せるものは、もうひとつしかなかった。

「私に、お断りする理由は、ありません」

恥ずかしさで声が震える。こんな言い方をしてはしたないと思われやしないだろうか。

「嬉しいよ。忘れられない夜にしよう」

そんなふうに言わないで欲しい。誰かに聞かれでもしたら。

アディリスがあたりの様子をちらりと窺うと、給仕をするメイドたちは少し離れたところにいて、誰も何も聞いていないふうで立っていた。

ホッとしながらも、せっかくおいしい料理を食べていたのに、その後の食事は味を楽しむどころではなくなってしまったアディリスだった。

その夜は新月だったらしく、満天の星が降ってきそうな夜空だった。曇り空の多かったエグバートではこんな夜は滅多にない。アディリスは部屋で一人、窓からその星空を眺めていた。

(もう逃げられない)

これから本当に彼と夜を過ごしてしまうのだ。

ジェラルドに肌を許し、とても口では言えないようなことをした覚えはある。けれどそれは釈放後すぐや馬車での旅のことで、どこか非現実的な感覚があった。

今こうして彼の根城である王宮に迎えられ、具体的に花嫁などと言われてしまうと、確実に外堀を埋められていくような気がした。

彼のことは嫌いではない。いやむしろ好ましいほどだ。次第にジェラルドに惹《ひ》かれていく気持ちを抑えられなくなるくらいには。

「アディリス」

「――――っ」

いつの間にかジェラルドが部屋に入ってきたことにも気づかないでいたアディリスは、ふいに名前を呼ばれてびくりと身体を強張《こわば》らせた。すると背後からぎゅう、と抱きしめられる。

布地越しに感じる彼の体温。アディリスのことをすっぽりと包み込んでしまう広い胸と逞《たくま》しい腕は、彼が男性なのだということを否応なしに思い知らせた。

「怖がらないでくれ」

「怖がって、など……っ」

「俺はこの夜を待っていた」

耳元で囁かれる声に、アディリスは強張っていた身体から力が抜けるのを感じた。ジェラルドはその姿勢のまま、静かな声で話し出す。

「君の噂を聞いた時に、興味本位で調べてみたんだ。女でありながら将軍職にある女性と聞いて、最初はまるで珍獣のように思っていたよ」

「……」

さもあらん、と思う。大抵の男は、いや人間は、そんなふうに思うものだ。戦場では常に敵方からは好奇の視線を浴び、アディリスの姿を見るや、それに性的な興味が混ざる。生意気な女を閨《ねや》で屈服させたいという欲望だろう。だがアディリスはそれらすべてを文字通り斬って捨ててきた。ジェラルドに出会うまでは。

「わかっている。多かれ少なかれ、君はそんな視線に晒されてきたんだろう。だが俺は君を手に入れたい、と思ってしまったんだ」

俺をそのへんの男共と一緒にしないで欲しい、と彼は言った。

「君が何を背負って、何を押し殺して戦ってきたのかは想像できるつもりだ」

その言葉を聞き、アディリスはゆっくりとジェラルドに向き直る。星明かりが彼の整った顔に影を落とした。

「好きだよ、アディリス」

「ジェラルド様……」

「俺だけのものにしたい。今夜こそ」

ジェラルドは次の瞬間、アディリスの唇を奪った。それは熱っぽく、執拗で、欲望に満ちた口づけだった。舌を搦《から》め捕《と》られて吸われ、敏感な粘膜を舐め上げられると、アディリスの膝から力が抜けていく。かくりと両膝が折れた瞬間に宙に抱き上げられた。

「あっ」

そのまま寝台に運ばれて押し倒される。夜着の裾が乱れて、アディリスの太股が露わになった。

「これから君を最後まで抱くよ。俺を受け入れてもらう」

「は……い」

心臓がうるさいほどに高鳴っている。アディリスは自分が身体の内側から熱くなっていることに気づいた。内股の奥で何かがとろりと流れ出るような感触がする。

彼にならもうどうされても構わなかった。

「あうんっ……」

両の胸を掴まれ、下から押し上げるように揉みしだかれる。柔肉を捏《こ》ねられると胸の奥がぼうっとなったように甘い感覚に包まれた。

「んん、ああっ」

ふいに胸の頂を摘まれ、小さな悲鳴が漏れる。薄い布の上からカリカリと引っかかれて、堪えきれない快感に襲われる。それは指先で弾かれるように刺激されるとたちまち固く尖っていった。

「ん、ふ、あっ、それっ……」

「すぐに固くなって、立って……、可愛いよ」

耳元で囁かれると、恥ずかしくて俯いてしまう。腰の奥が引き絞られるように蠢き、きゅうきゅうと切なくなった。

「舐めていいかい？」

「知らない……」

かろうじてそれだけ答えると、ジェラルドはアディリスの夜着の前を開き、裸の胸を露わにした。

「綺麗な胸だ。ここを布で潰していたなんてもったいない」

「そ、それは……、動くのに邪魔になるから……っ」

「ちゃんとした下着があるんだ。もうそんなことをしたら駄目だよ」

「え、あ…っ、んあっ！」

胸の上の突起を口に含まれ、舌先で転がされて、甘く痺れる快感が走った。もう片方は指で弄られている。アディリスの敏感な部分は男の愛撫に応え、快楽に震えた。乳暈《にゅううん》のあたりに焦《じ》らすように舌先を這わせられ、ふいに突起を咥《くわ》えられると、上体がびくんっ、と跳ねてしまう。

「あ…っ、ああ……っ、そこ、もう…っ」

身体の中を炙《あぶ》られるような刺激にいてもたってもいられなくなる。アディリスはしきりに内股を擦《こす》り合わせてそれに耐えた。

「どうして？　ここ気持ちよくない？」

「ち、がっ、あっ、あんっ」

むしろ感じすぎて怖いくらいだ。いつのまにこんないやらしい身体になってしまったんだろう。胸の先から身体の中にどんどん快感が流れていって、無意識に腰が動いてしまう。

「っ、ふあっ、あ――――…っ」

びくびくっ、と全身がわないて、愉悦の稲妻が体内を貫いていった。その後に甘苦しい感覚がじんわりと残る。

「今、イっただろう？」

「ん、や…っ」

胸を愛撫されただけで達してしまうなんて。アディリスは恥ずかしさに身悶《もだ》えた。

「嬉しいよ。――――可愛い。もっとたくさんイってくれ」

まるで褒めるように頭を撫でられ、顔中に口づけの雨を降らされる。

いいの？　これははしたないことではないの？

両脚を広げられた時、アディリスは身体の力を抜いた。秘部を押し広げられ、恥ずかしい場所にジェラルドの視線が降り注ぐ。

「あ、あぁあ…」

たったそれだけで感じてしまった。彼の指が繊細に動き、皮を剝かれて肉の突起が顔を出す。女陰の奥から蜜液が溢れてとろりと滴った。

「ひ、うう！」

また、不埒《ふらち》な舌先で鋭敏な突起をなぞられ、快感が下肢を占拠する。アディリスはシーツをわし摑んで背中を仰け反らせた。

「ここを可愛がられるのが好きになったかい？」

「あ、そんなっ…、ああっんんっ……！」

丸く膨らんだ肉の突起を舌先で弾かれるたびに腰の奥に鋭い快感が走った。その刺激に喉を震わせているとぬるりと唇で包み込まれて、足先から熔けそうな感覚に陥る。

「ああ……うう…っ」

彼は執拗にそこを嬲った。まるでアディリスを快楽で屈服させるように。過剰な快楽を与えられ、アディリスの蜜壺からはとぷとぷと愛液が溢れ続け、尻を伝ってシーツを濡らした。

「は、あう、あ、あっ、ああっ……、と、熔けちゃう、とけるっ……！」

そこがどろどろに熔けてしまいそうな感覚に、アディリスの唇から意味をなさない言葉が漏れる。

「んん、あっ、ああっ！　～～～っ」

ぐぐっ、と背中が浮いてアディリスは絶頂に達した。身体中が甘く痺れきるような恍惚《こうこつ》に包まれる。だがジェラルドの愛撫は止まらなかった。達したばかりの突起に舌を押しつけると、それをゆっくりと揺らしていく。

「んくううっ、ああ――～～っ」

そうされると、アディリスは続けざまに達した。

「あーっだめっ、もう、もうっ、そこ、許してっ……！」

アディリスはたまらずに哀願する。これ以上されたら、頭も身体もどうにかなってしまいそうだった。だがジェラルドは優しい声で無下に却下する。

「駄目だ。許さないよ。君のこの可愛い突起を可愛がって、もっと大きく育ててやる。息を吹きかけただけでイってしまえるくらいにね」

「そ、そんなっ……あっ、あっ！」

あまりに淫らな宣言にアディリスの身体は震えた。もういい加減わかってしまっている。これは『期待』だ。アディリスはどこかで彼に屈服させられたいと願ってしまっている。

「ふあっ…、んんあぁあ……っ！」

肉の突起に吸いつかれ、ちゅうっと吸い上げられた。身体の芯が引き抜かれるような快感にあられもない声が漏れる。尖って膨らみきった突起の根元からしゃぶられてしまう快楽は脳髄を灼《や》きつくされてしまいそうだった。

「あっあっあっ、イくっ、いくっ……！」

腰をせり上げるようにしてアディリスは達する。両脚ががくがくわななくのが止まらなかった。

「は……っ、はあ、は…っ」

続けざまの絶頂に両の手脚が重く気怠くなっていく。そのくせ身体中がじんじんと脈打っていた。

「……アディリス。君の処女をもらうよ」

そう言って彼が引きずり出したものを目にして、喉の奥から変な声が漏れた。

男のものなど見るのは初めてだ。

それは逞しく天を仰ぎ、まさに凶器のような形状をしている。こんなもので貫かれたら死んでしまうのではないだろうか。

本能的な恐怖を感じて、アディリスの身体が逃げを打とうとする。これまで女将軍としてどんな過酷な戦場においても一歩も引かなかった自分が、肉体を征服しようとする凶器に怯《おび》えてしまった。

「あ、あ」

「逃げるな」

腰を掴まれ、引きずり戻される。それほど強い力を振るわれなくとも、身体に力の入らないアディリスは容易《たやす》くジェラルドの下に引き込まれた。

「怖がらないでくれ。優しくする」

「ああっ」

広げられた女陰の入り口に彼のものの先端を含まされる。その瞬間、蜜壺の内部が勝手に収縮した。

「……っあ、あぁぁあ」

ぐぷ、という音とともに男根が這入ってくる。絶対に痛いと思っていたのに、苦痛はほとんどなかった。それどころか腰から背筋にかけてぞくぞくとした波が走り、震えが止まらない。

「そのまま力を抜いていてくれ。……そうだ。いい子だ」

「んあ、あ、はう…うっ」

丹念に慣らされてきた蜜壺は、ジェラルドのものを優しく受け入れ、包み込んでは締めつけていく。もっと奥へ、と誘《いざな》うような媚肉の蠕動《ぜんどう》に、ジェラルドは感嘆の息を漏らした。

「素晴らしいよ、アディリス。天にも昇る気持ちだ」

「や、や……あっ」

ジェラルドの賛辞の言葉も聞いている余裕がない。アディリスは必死でシーツを摑み、挿入の刺激に耐えようとしていた。だが、握る指先までもが甘く痺れてくる。

「君も気持ちがいいだろう？」

「ん、あ、だ、ぁ…めぇ……っ」

否定の言葉も艶を含んでいた。自分が今、男に犯されている、という事実に気持ちとは裏腹に身体が熱くなっている。

――――気持ちが裏腹？　本当にそうだろうか？

ジェラルドに触れられるのは嫌ではなかった。これまでもとても口では言えないようなことをさんざんされているのに、彼のことが嫌いになれない。それどころか――――とても認めたくはないが、この行為すらもまるでアディリス自身が望んでいるような気さえしてくる。

こんな恥ずかしいことを、アディリス自身が望んでいるのだ。

「……っんぁあうっ」

「他のことを考えられるくらい余裕があるみたいだね」

中をゆるく突かれ、快楽の悲鳴がアディリスの口から漏れた。ジェラルドがじっくりと腰を使うごとにくちゅくちゅと卑猥な音が繫《つな》ぎ目から響く。

「こんなに濡れているのに」

「あ、あ…っ、ん、んう、あ……っ」

これまでは指で可愛がられていた中が、ジェラルドのものでいっぱいにされている。それだけでじわあっと快感が広がっていった。

(あ、なか、が、ジェラルド様の、かたち、にっ……!)

たまらない快感が込み上げてアディリスは背中を反らす。自分の内奥から愛液が溢れ出してくるのがわかった。彼が動くごとに媚肉を擦られ、足先までも快楽に浸される。

「あぁ、ああぁんっ……、だ、だめ、あ、そこっ……!」

弱い場所を抉《えぐ》られると身体が浮き上がるような愉悦に包まれた。無意識に腰を揺らしてしまう。

「最少の苦痛と最大の快楽で処女を散らした感想はどうだ、アディリス……?」

「あ、アっ、こんなっ、こんなのっ……」

これまでの倫理観も、意地も、ぐずぐずに熔けていってしまいそうだった。丹念に丹念に

快楽を与えられてきた女将軍の肉体はジェラルドを咥え込んで一気に花開く。

「俺の与える快楽なしではいられないようにしてあげよう。可愛いアディリス――」

「はっ、ああっ、あううっ、ん…あぁあ――…っ」

アディリスは強烈な絶頂感に嬌声を上げながら全身を震わせた。目の前の逞しい身体に思わずしがみつくと、貪るような勢いで口を吸われる。

「んん、ふう、んぅぅう……っ」

はしたなく舌を絡ませながら達すると、ジェラルドを咥え込んだ内奥が痙攣《けいれん》した。口を合わせたままの彼が喉の奥で笑う気配がする。恥ずかしい。こんなにはしたなくては、きっと呆れられてしまう。けれど身体が勝手に反応してしまうのだ。

「は、ぁ、はあっ……」

「……ここに俺が挿入《はい》ってる。どんな感じ？」

アディリスは呆気《あっけ》なく達してしまったけれども、ジェラルドはいまだ中で脈打っている。

「あ、熱く、て…っ、いっぱいに、なって……っ」

「可愛い」

「ああっ」

ふいに両手で乳房を揉まれて、アディリスは悶えた。柔肉に指がめり込むほどに捏ねられると腰の奥がきゅうきゅうと蠢く。

「君の中が、俺を一生懸命頑張っている」

「い、言わな、でっ……」

ジェラルドのものが挿入っている。それだけで感じてしまっているのが恥ずかしかった。だがジェラルドはそんなアディリスの片脚を持ち上げると、繋がったままで器用にアディリスをひっくり返してしまう。

「あっ！」

「腰を上げて」

アディリスはベッドに這わせられ、後ろから彼を咥え込んだ体勢になった。ジェラルドの両手に腰を掴まれ、緩く突き上げられる。

「んあ、ああ……っ」

脳天まで突き抜けていくような快感がアディリスを襲った。粘着質な卑猥な音が響く。擦られ、かき回され、ひくひくとわななく媚肉。新たな愛液が溢れて繋ぎ目から太股へと伝っていった。

「あんっ…んあ、あっ、あっ…！」

アディリスは長い髪を打ち振るようにして悶える。上体を支える腕から徐々に力が抜けていって、上半身ががくりと頽《くずお》れていった。

「気持ちがいいだろう？　こんなに滴っている」

「は、あぁ…んんっ、ん、ふぁ…っ」

アディリスは答えることもできず、ただ自分を翻弄する快楽に恍惚となっていった。そしてジェラルドはさらなる快感をアディリスに与えるのだ。

ジェラルドはアディリスの腰を掴んでいた片手を前に回し、秘部の上方にある肉の突起を優しく摘まんだ。それは度重なる刺激と興奮ですっかり露出し、尖りきっている。

「んんあぁあ」

不意打ちでそんなところを弄られ、アディリスの喉が仰け反った。鋭い快感が身体の芯を貫く。

「こっちも触ってあげよう。もっと感じるだろう?」

「や、や…ああっ、だめっ、それ、だめぇ……っ」

蜜壺を男根でぐぼぐぼと可愛がられるだけでも耐えられないのに、鋭敏な肉突起までも同時に責められてはたまらなかった。神経の塊のようなそれを指先でくすぐられ、シーツに立てた膝がぶるぶると震える。

「あっ、あーっ、あーっ」

我慢できずに腰が動く。ジェラルドのもので奥を突かれ、淫核を転がされて、アディリスの身体が燃え上がる。

「あ、は、あぁぁあぁっ、~~~~っ」

背筋を弓なりに仰け反らせ、蜜壺からおびただしい愛液を噴き出して、アディリスは達した。それは強烈な、深い絶頂だった。内奥できつく締め上げられたジェラルドも短く呻くとアディリスの中に飛沫《ひまつ》を叩きつける。

「ふあ、あ、あ……っ」

腹の中を満たされるような、泣きたくなるような感覚。力を失ったアディリスがシーツの上にどさりと崩れると内部から彼のものがずるりと抜けていく。

「……アディリス」

まだ身体中がじんじんと痺れていた。余韻に包まれた身体を返され、優しく口を吸われる。乱れた髪を撫でられるのが心地よく、うっとりと目を閉じた。

「素晴らしい初夜だったよ、アディリス」

「ん、ん……っ」

抱き寄せられて何度も口づけられ、熱烈な賛辞を受ける。沸騰した意識が少しずつ温度を下げていっても、まだ頭の中が霞《かす》みがかっていた。今日の行為はそれほどまでに強烈なものだった。

「ますます夢中になってしまう……。君は最高だ」

ジェラルドはアディリスの丸い肩を撫で、顔中に口づけの雨を降らせる。その間にも何度か唇を吸われ、戯れに舌を絡ませた。

「……ジェラルド、様、わたしっ……」

「うん？」

熱っぽく見つめてくる彼の瞳は、まだ欲望の焔《ほのお》が灯っている。

「私、こんな、こと……初めてで」

今更ながらに自分の痴態を思い返し、羞恥に身を灼かれた。彼は呆れてやしないだろうか。

「――大丈夫だよ、アディリス」

だが彼はアディリスの言いたいことをわかっているかのように耳元で囁いた。熱い吐息に背筋が震える。

「俺がすべて教える。君がどんなふうになっても、俺は君が好きだ」

大きな掌《てのひら》が胸をまさぐり、また乳房を揉んでくる。乳首を転がされ、思わず甘い声が漏れた。

「んあっ……」

「快楽は君を傷つけない。安心して身を委ねておいで」

その言葉は魔法のようにアディリスの意識に染み込んでいく。再び始まった愛撫にまた肌の熱が上がっていくのを感じた。

「もう一度抱かせてくれ。新しく覚えた悦びを、その身体に刻み込むんだ」

組み敷かれ、身体を開かされる。すでに兆していた彼が蕩けきった蜜壺にもう一度入ってきた時、アディリスは従順に彼を受け入れたのだった。

「どうぞ、たくさん召し上がってくださいね」

テーブルの上には温かな朝食が並べられていた。真新しいドレスに着替えさせられたアディリスは、促されて席につく。

「よくお似合いになっています」

深い青のドレス。華奢《きゃしゃ》な首元にはシンプルな首飾りが飾られていた。熱狂的な一夜から目覚めるとそこにすでにジェラルドの姿はなく、アディリスはメイドに起こされ、湯を使った後で身支度を調えられた。このドレスも首飾りもジェラルドが用意したものだという。

「……ジェラルド様は？」

「ご公務で執務室にいらっしゃいます。まあ、公務というよりは、商談といったほうがいいのかもしれませんが」

メイドは少し困ったように笑い、アディリスの前にスープの皿を置いた。いい匂いが鼻をくすぐって空腹を覚える。

「ご朝食を一緒にされないことを詫《わ》びておられました。何しろしばらく留守にしておられたものですから、お仕事が溜《た》まっておられるのでしょう」

「あ…、いえ、それはまったく、構いません。食事は一人でできます」

アディリスがカトラリーをとると、メイドはにこりと笑った。

ここの者たちもアディリスを丁重に扱ってくれる。ジェラルドがそうするように言い含めているのだ。主人が突然連れてきた異国の奇妙な女を嫌な顔ひとつせずに世話してくれている。

(本来であれば私はあの時に処刑されていた女。今があることを感謝せねば)

こうして傅《かしず》かれることを当たり前のように思ってはいけない。アディリスは自分に「いい気になるな」と言い聞かせた。

朝食は見慣れない食材もあったが口に合った。デラウムで採れるものなのだろう。ここは彼が治める国だ。それを口にできるということがなんとなく嬉しかった。

こんな考えをするようになったことにアディリスは我ながら驚いていた。最初は彼の意図が読めず、ただ慰み者にされるのだと思っていた。けれどジェラルドは優しかった。仕掛けられる性的な行為に戸惑いはしたものの、痛い思いをさせられたことは一度もない。

(昨夜だって、正気を失うほどだった)

それを思い返して顔が熱くなる。自分があれほどに淫らに振る舞えるとは思わなかった。

目が覚めた時、ジェラルドがいなくてよかったのかもしれない。こうして素面《しらふ》に戻ると、どんな顔をして彼と顔を合わせていいものかわからない。

「城の中を自由に散策してよいと言われております」

そう言われたので、アディリスは午前中は王宮の中を散歩することにした。宛てがわれた部屋を抜けて気の向くままに歩いていく。ここに到着した時も思ったが、美しい城だ。

とは言っても無駄に豪奢なのではない。調度品などが過不足なく配置されている。

アディリスの耳に剣戟《けんげき》と人の声が聞こえた。思わずそちらのほうに歩いていくと、修練場のようなところに出る。そこには十人ほどの男たちが集まって鍛錬していた。

「おらおら、もっと行け！」

「後ろに下がるな！」

「相手の動きをよく見ろよ」

新兵らしき青年が稽古をつけられている。必死で食らいついていく新兵と年嵩《としかさ》の剣士が打ち合っていた。その周りに他の兵士たちがいて見物している。

アディリスもその様子をなんとはなしに見ていた。

(私にもあんな時があったな)

自分の新兵時代の思い出は、決していいものばかりではなかった。どちらかと言えば思い出したくないことのほうが多いかもしれない。何しろ女の剣士というのがめずらしく、すぐに脱落するだろうと思われていたからだ。弱ければ疎まれ、強ければ女のくせにと生意気に思われる。その中で生きていくため、アディリスは死ぬ気で剣の道を修めなければならなかった。

「――――誰だ？」

その中の一人がアディリスに気づき、声をかける。思わずハッとして一歩引いてしまった。

「ここは修練場ですよご婦人。迷われたのですか？」

男たちの視線がいっせいにこちらに向けられる。気後れしたアディリスは反応が遅れてしまった。

「あ……、失礼しました。すぐに出ていきます」

「おや？　あなたは――――」

だが、アディリスに覚えがある者がいた。男たちの輪の中から前に出てくる。

「アディリス様ではないですか。見学に来られたのですか？」

「知り合いか？　ガストン」

「ああ。話したろう？　ジェラルド様の婚約者だ」

「じゃあの、街道で馬車が襲われた時、敵をほとんど倒したっていう……？」

「そうだ。俺の出番などなきに等しかった」

アディリスは一連の会話をきょとんとして聞いていたが、そのうちにあることに気づいた。

「あなたは、御者の……？」

「そうです、アディリス様。御者として馬車に乗っておりました」

彼はこのデラウムまで来る馬車にずっと御者として乗っていた男だった。ガストンというらしい。御者にしては剣を使い慣れていると思ったが、こちらが本業だったとは。

「先日の剣さばき、お見事でした。さすがはエグバートの女将軍。その武勇は伊達《だて》ではないということですな」

「どうでしょう。今となってはたいしたことはないものなのかもしれません」

苦笑を浮かべつつアディリスが答えると、ガストンの側にいた若い剣士が身を乗り出すようにして声を上げる。

「あの、よろしければお手合わせ願えませんか」

「えっ」

アディリスは驚いて彼を見た。若いと言っても自分と同じか、ひとつふたつ上かもしれない。彼は目を輝かせてアディリスを見つめていた。その顔にかつての部下の姿が重なる。

「こら、無礼だぞ。アディリス様はジェラルド様の奥方になられるお方だ」

「あ、ああ、そうか、申し訳ありませんでした」

「――――構いませんよ」

気がつくとそんなふうに言っていた。

「私でよろしければ」

「本当ですか！」

「もしかしたら期待外れかもしれませんが」

「絶対そんなことはないです！　お願いします！」

「しかしアディリス様、その格好では。それに、まだお疲れなのでは……」

ガストンが控えめに言う。その時初めてアディリスは自分がドレス姿だということ。そして昨夜ジェラルドにさんざん抱かれ、破瓜された身体であるということを思い出したのだ。

「……大丈夫です」

何も本気で戦うわけじゃない。それに馬車を襲撃された時もドレスは着ていた。アディリスはそう判断をし、近くにいた兵士から剣を借りた。

ひゅ、と振ってみる。大丈夫、問題はない。

「お願いします！」

「お願いします」

アディリスは構えた。まずは相手の出方を窺うことにする。若い剣士は愚直に踏み込んできた。剣で受け止めた後、その力を受け流す。男にはどうしても力では勝てない部分は、相手の力を逆に利用することを学んだ。

「うわっ！」

彼はバランスを崩しそうになったものの、すんでのところで耐える。

「なるほど、そう来ましたか」

彼の口元がにやりと上がった。何か仕掛けてくる。そう思ったアディリスは全方位に注意を払う。二撃目。男はアディリスが衝撃を受け流そうとした方向に自ら剣を払い、返す動きでもう一度打ち込んでくる。

「！」

だがそれを読んでいないアディリスではなかった。剣戟が来る方向に向けて身体を捻ると彼の背後に回る。

「うわ…」

次の瞬間、彼は剣を弾き飛ばされていた。アディリスの青いドレスの裾が動きの後に舞うように翻り、その場にいた者は目を奪われた。

派手によろめいた男は地面に転がり、その側に弾き飛ばされた剣が突き刺さる。

「……ま、まだまだ！」

彼はすぐに剣を握り直すと立ち上がった。今度は慎重に間合いを取り、アディリスの隙を探そうとする。

「あれでは打ち込めんな……」

見ていたガストンがぼそりと呟いた。アディリスの構えには無駄な力が入っておらず、隙という点においては隙だらけだが、どうにも動けないのだ。

アディリスはそんな彼の前で静かに佇んでいた。生きるために学んだ剣だが、こうして剣を握って対峙《たいじ》すると気持ちが高揚してくる。

だが、それと同時に自分の肉体が常とは違うことにも気づいていた。

昨夜の行為のせいか、脚の間の内奥に未だに何かが入っているような違和感がある。ジェラルドに貫かれ、朝方近くまで絡み合って、何度達したのかわからない。それから半日と経《た》っていないのに、こんな動きをしては身体に影響が出るのも当然だった。

(身体が少しずつ重くなってくる)

ましてや動きにくいドレス姿だ。馬車が襲撃された時とも状況が違う。彼の打ち込みを受けながら、アディリスは少しずつ動きが鈍くなってくる自分の身体を感じていた。だが、調子が悪いからもうやめる、などと言えば下手に気を遣わせてしまうだろう。

「はあああっ!」

「つ!」

彼の突進をすんでのところで交わした瞬間、アディリスはわずかにバランスを崩してしまう。足にドレスの裾が絡みつき、一瞬動きを奪われた。

(しまっ……)

身体がぐらりと傾ぐ。倒れる、と思った時、誰かが腕を強く摑んでくれた。

ガストンだった。

「大丈夫ですか」

「……」

アディリスはこくこくと頷く。

「よかったです。せっかくの美しいドレスが汚れてしまうところでした」

「ありがとう、ガストン」

「おいラディ！」

ラディというのが若い剣士の名前らしかった。ガストンに厳しい声で呼ばれ、直立不動になる。

「アディリス様は昨日こちらに到着したばかりでお疲れなんだ。その上、剣を振るうには動きにくい格好をなさっているというのに、お前と来たら……」

そんなふうに叱責され、ラディははっとしたような表情になり、顔を青くした。

「申し訳ありませんアディリス様！　お許しください」

「いえ、構いません。私も試合ができて楽しかったです」

「剣を交えてみてわかりました。アディリス様は希有《けう》な剣士です。女性だということを差し引いても、さすがはエクバートの女将軍といえましょう」

手放しで賞賛されてしまって、アディリスはくすぐったいような、いたたまれないような気持ちになった。

「過分に褒めていただき恐縮です、ラディ殿」

「過分だなんてそんな！　本当のことです！」

アディリスは屈託のない彼が好ましく思えた。思わず笑みを返した時、修練場に面している廊下からこちらにやってくる姿が見えた。

ジェラルドだった。

「部屋にいないと思ったら、こんなところにいたのか」

「ジェラルド様」

彼が姿を現した途端、その場の兵士たちが居住まいを正し、一歩下がる。その場にはアディリスだけが取り残された。

「さっそく剣士たちと仲良くやっているのか」

ジェラルドの口調はどこか呆れたような響きを含んでいて、アディリスは少し恥ずかしくなる。

「その、アディリス様の剣技を見たいと言ったのは自分であります！　責は自分にあります！」

「いや、俺は責めているわけじゃない、ラディ」

ジェラルドの言葉に、彼は「は……」と言って恐縮したように下がってしまった。

「ラディは悪くないのです」

非があるとすれば、大人しくしていられなかった自分だろう。ジェラルドがもし本気でアディリスを花嫁にと望んでいるのであれば、自分にはその自覚が足りない。

するとジェラルドは困ったように言った。

「うーん、君が他の男を庇《かば》うのを見るのはおもしろくないな」

「な……」

アディリスが呆気にとられ、ラディが蒼白《そうはく》になったところで、ジェラルドは意地悪く笑った。

「冗談だよ冗談。さりとて君も本調子ではないだろう。そろそろ休んではどうかな?」

「は、はい」

彼は軽佻《けいちょう》に振る舞ってはいるが、どこか有無を言わせない響きがあった。アディリスは肩を抱かれ、修練場から連れ出されてしまう。

「好きに歩いていいとは言ったが、いきなり剣士たちと一緒に剣を振るっているとは思わなかったな」

「いけませんでしたか」

「いいや。そんなことはないよ。剣を握っている君を見るのは好きだからね。ただ」

「ただ…?」

「君が若い男に笑いかけるのを見て、思わず嫉妬してしまった」

アディリスはひどく驚いた。

「あれは……！」

「うん、わかっている。気にしなくていい。君の夫となるのはこの俺だ。誰よりも俺がふさわしいと自負している。単なる感情の動きだよ」

面と向かって嫉妬していると告げられて、アディリスはどう答えたらいいのかわからなかった。

「男性の経験がない私を、からかっているのですか？」

以前もそう尋ねたことがあったような気がする。何しろそうとしか思えないのだ。

「あ、拗《す》ねたかい？」

「拗ねてなどおりません。そんな子供じみた真似をするはずもないでしょう」

こういう物言いが拗ねているととられるのだろうか。ジェラルドはふふ、と笑う。

「そうだね。すまない。君は立派な女性だ。俺がよく知っている」

「……」

含みを持った言葉に思わず顔が熱くなる。駄目だ。口ではとてもこの男に敵《かな》わない。そもそもアディリスはもともとが口数が多いほうではない。女性と言えばおしゃべりなものと言われているが、同性と話す時もアディリスはいつも聞き役だった。

「ジェラルド様は私といて楽しいですか？」

唐突な質問に彼も少し驚いたような顔をする。

「急になぜそんなことを？」

アディリスは無意識にため息をついた。

「私は会話が上手いわけでもありません。社交的なジェラルド様が相手にするにはどうなのだろうと思ったまでです」

「気の利いた会話をするのが難しいということかな？」

「……そうですね」

「そんなことを気にしていたのか」

ジェラルドはおかしそうに笑う。

「まったく気に病む必要はないよ。俺は自分がしゃべるのが好きなんだ。君は他の女性よりも見識が広くてこうして一緒にいて飽きない。俺が話すのを聞いて、時々感想を言ってくれればそれでいい」

「そんなことでいいのですか？」

「俺には大事なことだよ」

ジェラルドがふいに距離を詰めてきた。廊下には他の者の姿がないとはいえ、いつ誰が通りかかるかわからない。アディリスは戸惑い、周囲に視線を走らせた。

「君は可愛い。アディリスは、俺が今どんなに調子に乗っているのか知らないだろう」

「あなたはいつも調子に乗っているように見えます」

言ってしまってから、アディリスはしまった、と思った。いくらなんでも失言だったかもしれない。だがジェラルドは何がそんなにおかしかったのか、声を上げて笑った。

「君の言う通りだ」

くっくっと笑うジェラルドを、アディリスは不思議な思いで見つめる。私でも、この人を笑わせるくらいはできるのだろうか。

「これだから君は素敵だよ。アディリス。けれど君は、実はけっこうおしゃべりになる時があるよ」

「いつでしょう」

そんなに話をしたことがあったろうか。首を傾げるアディリスに、ジェラルドは少し意地悪そうに口の端を引き上げて言った。

「――――俺と二人きりの時は、特にね」

ベッドの中でのことを言っているのだ。それを理解した途端、アディリスは今度こそ顔が熱くて破裂しそうになった。

ドレスを着て過ごすのも大分慣れた頃だった。最初は窮屈だと思っていたコルセットも、ぴんと姿勢が伸びる感じがしてむしろ心地よいと感じるようになった。

自室で本を読んでいると、扉をノックされる音がしてメイドが入ってくる。彼女は恭しく頭を下げた後に告げた。

「アディリス様。ジェラルド様がお部屋に来ていただきたいとのことです」

「ジェラルド様が？」

彼が部屋までアディリスを呼びつけるのは少しめずらしい。いつも彼のほうからアディリスを訪ねてくるからだ。

「はい、ジェラルド様のところにはよく異国の商人がいらっしゃるのですが、アディリス様にも見て欲しいものがあるそうです」

「わかりました」

アディリスは本を閉じてソファから立ち上がる。教えられた彼の部屋に行くと、そこには男の客が一人いた。

「やあアディリス。わざわざ来てもらってすまないね」

「いいえ」

男はアディリスを見ると立ち上がり、丁寧に礼をとった。

「お初にお目にかかりますアディリス様。私はロブニスから参りました。キネア・イーサンと申します」

「アディリス・リム・エイヴァリーです」

アディリスも男に倣って礼を返す。

「あなたがレアンドル元首の婚約者ですね。これはずいぶんとお美しい。元首が言った通りですな」

「……恐れ入ります」

ジェラルドはアディリスのことを婚約者だと紹介したのか。今初めて聞いたことではないが、外部の人間にもそう言っているあたり、彼は本気なのだと今更ながらに思い知らされる。

「座ってくれ。アディリス。君にも見てもらいたい」

「はい」

促されてアディリスも大きなテーブルの前に座る。その上には様々な品物が並べられていた。こちらではあまり見たことのないような装飾品や織物、菓子の類いまであった。だがその中に、用途のわからない品物がある。小さな布のようだが繊細な飾りがついており、細い紐《ひも》のようなものがついていた。

「まずはイヤリングからいこうか」

「こちらの紅玉はアディリス様の瞳の色によく似ております。よくお似合いになられるかと」

ジェラルドはアディリスに身につけるものを買いたいらしい。今でもクローゼットや物入れにはどっさりとそれらが入っていて、あるもので充分だと伝えたかったが、彼の顔を潰すことにならないように神妙に頷いた。そして八つの宝飾品と十の織物を買った後、ジェラルドはおもむろに男に目配せをする。

「それではこちらですが……」

男は先ほどのよくわからない布地を中央に置いた。布地の小ささからアディリスは最初ハンカチかと思ったが、どうもそうではないようだ。

「こちらは女性用の下着です。秘め事のための」

「……」

言われて少し考えたアディリスは、突然その用途を理解してしまった。しかし、ひどく布面積が小さい。おまけに大きくスリットが入っている。もしもアディリスの想像通りに身につけるのではあれば、これは……。

「いいじゃないか。すべてもらおう」

「ありがとうございます」

「ジェ、ジェラルド様っ……」

「他に欲しいものはあるかな？　アディリス」

「わ、私は、こちらの菓子のほうがっ……」

違うものをねだればこれは買われないと思って、アディリスはめずらしい果物の蜂蜜漬けや焼き菓子を指した。

「ああ、そうだね。ではそちらもだ」

「かしこまりました」

「……っ！」

結局、どうあってもそのいかがわしい下着は買うらしい。ジェラルドは他にも何か買っていたようだが、アディリスはその場にいることがひどく居たたまれず、椅子の上で縮こまっているのだった。


「どういうつもりですか」

「何がだい？」

商人が帰ってから、アディリスはジェラルドに食ってかかる。

「私の目の前で、あのようなものをっ……」

「あのようなもの？」

「いかがわしい下着などです！」

ジェラルドはアディリスに口に出させて喜んでいるのだ。いつもは優しいのに、こういうことになるとひどく意地悪になる。

「アディリスに黙って買って、突然出されたら嫌なんじゃないかな？」

「……それは……、確かにそう、かもしれません」

突然目の前に差し出されたら固まってしまうかもしれない。こうしてワンクッション挟んだほうが心構えはできそうである。そこまで考えて、最終的に自分がそれを身につけるつもりでいることに気づいてしまった。アディリスは愕然《がくぜん》とする。ずいぶんと彼に毒されたものである。

そしてジェラルドはそんなアディリスの懊悩《おうのう》など見抜いているようだった。

「では、今夜行くから、これを身につけて待っておいで」

「えっ!?」

「ああ、その前に、これを仕込んでおこうかな」

ジェラルドは商人から買ったものの中から、小さな金の環《わ》を摘まみ上げた。

「ドレスを捲り上げて、今履いている下着を脱いでから脚を開いてごらん」

「何を言う!?」

そんなことを突然言われて、思わず敬語も忘れてしまう。

「アディリス」

彼はアディリスの名を呼んだ。その時の微妙な響きに、思わずどきりと身体が竦《すく》む。決して高圧的でも乱暴でもない。どちらかと言えば優しいのに、なぜか逆らいたくなくなるような声。

「……っ」

震える手がドレスの裾を持ち上げた。彼の目の前で、下着を下ろしていく。恥ずかしさで両手が震えた。

「あ、のっ……」

さすがにこの状態で彼の前で脚を開くことは抵抗がある。ここは灯《あか》りを落とした寝台ではなく、まだ明るい彼の部屋なのだ。

「ソファに座って。大丈夫、呼ぶまで誰も来ないよ」

どこか勇気づけるような声に、アディリスはのろのろとソファに座り直す。それから再びドレスを捲り上げた。秘められた部分を覆うものがなくなってひどく心許《こころもと》ない。これからそこを彼の前に晒さねばならないのだ。

「お、お願い、です、ゆるして……」

どうしても怖気《おじけ》づいてしまって、泣きそうな顔でジェラルドに訴える。だが彼は決して許してはくれない。

「いい子だ、アディリス。できるだろう?」

「あ……っ」

その声を聞くと、勝手に身体が動いてしまうのだ。両脚をぴたりと閉じたまま膝を持ち上げ、ゆっくりと左右に開いていく。あまりの羞恥に死にそうだった。

完全に開ききってしまい、秘所をジェラルドの前に曝け出す。アディリスはうなじまで朱に染めて横を向いた。

「えらいね」

震えているアディリスの髪を、彼は宥めるようにゆっくりと撫でていく。視線が下がっていくのがはっきりと感じ取れた。剝き出しの秘所を舐めるように見られて、思わず腰が震える。

「これを嵌《は》めてあげるよ」

「……？」

アディリスは瞼《まぶた》を持ち上げ、ジェラルドのほうを見た。彼が手にしている細くて小さな金の環。そんなものをどこに嵌めるというのか。

「……っえ、あ…っ、まさかっ…！」

ジェラルドの指でゆっくりと女陰を開いていくのに、嫌な予感がする。金の環を嵌めるような場所。そんなところは、そこしかないではないか。

「動かないでくれ」

「や、やっ……」

かき分けられ、その部分が露わになる。これまで彼に可愛がられたアディリスの肉の突起は、もう半分ほど飛び出していた。

「全部出してしまおう。ほら……」

「んんん、あっ……！」

ジェラルドの指によって、それが根元まで剝き出しになる。鋭敏なそれは外気に触れてひくひくとわなないた。

「駄目、触らなっ……あっ」

摘まれて、腰が震える。金の環がそこに近づいていくのをただ見つめるしかなかった。

「んっ……く、うっ！」

突起に環が嵌められる。細い環が根元まで嵌められてしまい、アディリスの突起がくびり出されるような形になってしまった。

「これでよし」

「ああっ……！」

甘苦しい感覚がずくずくと込み上げてくる。ジェラルドはそれ以上何もしようとはせず、アディリスの脚を閉じさせ、ドレスの裾を丁寧に直した。

「夜までこのままで待っておいで。決して自分でとってはいけないよ」

「えっ……」

そんな、と彼を縋るように見やる。こんな状態のまま、何時間も待っていろというのか。

「む、無理です、むりっ……！」

「大丈夫だよ、アディリス。君は強い子だ」

そんなことが関係あるのかとアディリスは思う。むしろ経験が少ない分、性戯には弱いほうなのではないか。

だがジェラルドが許してくれそうにないので、アディリスは諦めてよろよろと立ち上がった。

「部屋まで送っていこう」

「いいえ。いいえ……。大丈夫です」

こうなったからには無様な姿など見せたくはない。しゃんと背筋を伸ばし、ともすれば震えそうになる脚を叱咤《しった》して歩き出した。どうしても意識が股間に行ってしまいそうなのを無理やり引き剝がして考えないようにする。

それから夜まで、アディリスはどんなふうにして過ごしたのかよく覚えていない。股間の一点から来るあやしい疼きをひたすら耐えながらどうにかして時をやり過ごし、彼が来る夜を待った。

寝室で一人になると堪えきれなくなった声が漏れる。

「う……っ、あっ」

はあ、と唇を濡らす吐息が熱い。それなのにどうして、彼に渡された下着を身につけているのだろう。

どれくらい待ったことだろうか。部屋のドアがキイ、と開いてジェラルドが姿を見せた。

「やあ、アディリス、いい夜だね」

今夜は月が大きく輝いていた。けれどそれを愛《め》でる余裕はアディリスにはない。

「……ジェラル、ド、様っ……」

アディリスは彼の名を呼ぶ。まるで助けを求めるように。

「俺の言う通りにしていたかい？」

火照った頬を撫でられ、ゆっくりとベッドに押し倒される。夜着の裾が静かにたくし上げられていった。太股が露わになり、膝が左右に開かれようとする。

「や、やあっ、見ない、でっ……！」

「いい子だ。ここがどんなふうになっているのか、俺に見せてごらん」

「っ……」

そんなふうに言われたら逆らえない。彼の言葉はいつしか魔法のようにアディリスから抵抗する気持ちを奪っていくのだ。

ジェラルドがさほど手に力を入れなくとも、アディリスの脚が開いていく。

「……ああ、すごいな」

感嘆の声がジェラルドの唇から漏れた。

布面積の極端に小さな卑猥な下着は大事な部分にスリットが入っており、下着の体《てい》をなしていなかった。そこからはアディリスの女陰が垣間見《かいまみ》え、金の環でくびり出された突起が刺激と興奮でその存在を主張している。

「こんな濡らして。……つらかったかい？」

そして愛液でしとどに濡れそぼり、ぱっくりと綻《ほころ》んでいた。優しい言葉をかけられて、こくこくと頷く。

「ず、ずっと…っ、じっとしていても、疼いてっ……、変な、感じが」

「そうだろうな。ここが膨らんで環が食い込んでいる。これはつらかったろう」

「ひううっ！」

アディリスの肉の突起は弱火で炙られるような快感にすっかり膨らんでしまい、金環が根元を食い締めていた。そこを指先でそっとつつかれ、喉から泣くような声が漏れる。指の腹で撫で回されると腰ががくがくと震えた。

「あ、あーっ、あんんっ…！」

背中が仰け反り、あられもない声を上げる。胸が突き出されるような形になり、薄い布地を勃起した乳首が押し上げていた。

「ここも尖っているな」

乳首を布越しに摘まれ、優しく弄られるとたまらない。

「ん、ふぅぅんっ…、ぅん、あ、あ、あああっ……！」

早くもアディリスの身体は熔け始めている。肉体だけではなく、意識のほうも沸騰しそうだった。ジェラルドの巧みな指先で鋭敏な突起を可愛がられて理性がぐずぐずになっている。

布越しに乳首をかりかりと引っかかれ、肉の突起を優しく優しく転がされてはもうひとたまりもない。

「ああ、あっ、んぅぅうぅ……っ！」

腰の奥から突き上げる快感。下肢をびくびくとわななかせてアディリスは達した。蜜壺から愛液がどぷりと零《こぼ》れ出る。

「軽くイったか」

「……っ」

はあ、はあ、とアディリスは喘いだ。ジェラルドの言う通りだ。イくにはイったが、それは満足にはほど遠い絶頂だった。これよりも深くて激しい極みを、この身体は知ってしまっている。

「もっと気持ちよくなりたいだろう？」

「んあ、ぁああ…」

蜜壺の入り口を軽くかき回されて、ジェラルドの指先が愛液で濡れる。

「俺の言う通りにするんだ」

彼はアディリスの耳元で何かを囁いた。その途端、濡れた朱《あか》い瞳が見開かれる。

「そ、そんな、ことっ……」

できるわけがない、と首を振った。だが結局は彼の思い通りにさせられてしまう。そんな予感があった。

「できるさ」

「あっ」

やわやわと胸を揉まれ、シーツの上で火照った肢体が身悶える。

「言うことを聞いたら、たっぷり舐めてあげよう。舐められるのは好きだろう？」

「……っ」

ひくり、と喉が上下した。いつの間にか夜着が脱がされてしまっている。頭の中がぼうっとして、うまく思考が働かない。アディリスは力の入らない身体をのろのろと起こし、言われた通りに横たわったジェラルドの上に跨《また》がった。馬以外で何かを跨ぐのは初めてである。

「それから？」

「————っ」

濡れた唇をきゅっ、と噛む。恐る恐る膝で移動して、ジェラルドの顔の上まで腰を持っていった。恥ずかしすぎて頭がくらくらする。

「素晴らしい眺めだ」

「そんな、こと、言わなっ……」

アディリスは今まさに、彼の顔を跨いでいる状態なのだ。当然スリットの入った下着から女の部分が露わになっている。剥き出しになった肉の突起に息を吹きかけられて、びくっ、と腰がわなないた。

「んくぅんっ」

「ではご褒美だ。俺の顔の上に腰を落とさないでくれよ。窒息して死んでしまうからな」

軽口を叩いた後、ジェラルドは舌を伸ばし、アディリスの肉の突起を舐め上げた。

「んああ、はあああ……っ」

腰骨がじんじんと疼く。欲しかった強烈な快感を与えられ、アディリスは長い金髪を振り乱すようにして喘いだ。金環によってくびり出された肉の突起をジェラルドの舌先が何度も弾く。そのたびに啼泣《ていきゅう》して背を反らした。

「ふ、んあ、あ、あっ、あっ、……あぁっ、そんなっ…!」

不安定な体勢だ。縋るものが欲しくて、目の前の壁に両手をついて身体を支える。快感が強すぎて爪を立てて耐えようとするが、つるつるして叶《かな》わない。

「あ、あ…ひ、ぃぃい……っ」

下肢からジェラルドが舌を使うぴちゃぴちゃという音が聞こえてくる。無防備な肉の突起は彼の舌先で思う様転がされ、くすぐられ、あるいは唇で愛撫された。腰から下がどろどろと蕩けていきそうだった。

「気持ちいいか？　アディリス」

淫らな問いかけに何度もこくこくと頷く。

「あ、ぁあ…あっ、気持ち、いい…っ」

こんな恥知らずな言葉は素面ではとても言えない。けれど口にしてしまうと、より昂ぶってしまうのだ。

「君は本当に可愛いな」

「んんあっ」

ジェラルドが突起を含み、舌で撫でながら吸ってくる。アディリスは腰を不規則に痙攣させた。

「あっだめっ、あっ、あっ、吸わない…でっ、んっ、あぁぁあんうう……っ！」

嗚咽《おえつ》のような声を上げて絶頂に達してしまう。頭の中が真っ白になった。先ほどとは違う深く強烈な極みに内股もぶるぶると震える。

「君の愛液で溺れそうだ」

それもいいかもな、と呟いて、彼はイったばかりの肉の突起にまた舌を這わせた。

「あぁっ…！　だ、だめぇえ……っ」

達したばかりだから、と慌ててジェラルドの上から腰を上げようとする。だが彼の腕でがっちりと腰を摑まれて、それは叶わない。濡れた弾力のある舌でぬるぬると包み込まれた。

「く、ひ、んんあぁあ……っ」

苦しいほどの快感に苛まれて、アディリスはその美しい顔を歓喜に歪《ゆが》めるのだった。

どれほどの時間が経ったのか、部屋の中は啜《すす》り泣きと淫らな水音で満ちていた。

「あ、あ、あああ……っ、ゆ、ゆるして、許してぇ……っ」

ジェラルドの舌で執拗に肉の突起を転がされて、アディリスは快楽に屈服して哀願していた。

「あん、んんうっ、も、もう、だめ、そこ気持ちいいの、だめぇえ……っ」

何度達したかわからない。立て続けの極みはアディリスからすっかり理性を奪い、ただ快感に悶えるだけの存在にさせた。苛《いじ》められ続けた突起は金環によってくびり出され、充血して膨らみきり、今にも弾けてしまいそうだった。

「もう降参か？　俺は一晩中舐めていてもいいんだがな」

「そ、そん、な……っ」

そんなことをされたらイきすぎて死んでしまう。

アディリスの哀れな声に、ジェラルドはやっと舌を引っ込める気になったようだった。アディリスを下がらせて身体を起こした彼にまた抱えられ、膝の上に乗せられる。濡れた口元をぐい、と拭ったジェラルドは、自身のいきり立ったものを蜜壺の入り口に宛てがう。

「自分で腰を落とせるね？」

「――……っ」

頷いたアディリスは、彼の先端を呑み込んでいった。媚肉の中にずぷずぷと咥えられるそれが内壁を擦り、たまらない快感を送り込む。

「は、あ、あっ、――～～っ」

背筋がぞくぞくと震える。ひくひくと収縮するそれは逞しい彼のものをきゅうきゅうと締めつけていった。

「すごい、な……」

熱い吐息がジェラルドの唇から漏れる。後頭部を引き寄せられて唇を奪われ、アディリスもまた夢中でそれを吸い返した。微かに自分のものの味のするそれはひどく淫らな気持ちにさせる。

「ん、ん……っ」

すっかり腰を落として彼のものを呑み込んでしまうと、ジェラルドが軽く腰を揺らしてきた。中を緩く突かれ、じんわりとした快感が込み上げる。

「ん、ふあ、あ……っ」

ジェラルドがほんの少し動くだけでも、じゅぷじゅぷと卑猥な音が響いた。

「アディリス……、アディリス、可愛い、好きだ……」

「ああ……っ」

睦言《むつごと》を耳に注がれるとそれだけで感じてしまう。気持ちの昂ぶりもともなって、胸が締めつけられた。

「ジェラルド、様っ……」

「ジェラルドと呼んでくれ」

「え、え…？」

急にそんなことを言われて、思わず彼を見やる。

「それから敬語もいらない。普通に話してくれ」

「そ、それはっ……」

こんな時に、そんなことを言われても困るというものだ。アディリスが戸惑っていると、突然ずうん！　と突き上げられる。

「あああっ」

「いいだろう？」

彼は強引にアディリスに了承させるように、巧みに腰を使ってきた。アディリスは弱い場所をかき回され、突かれて、喉を反らして喘ぐ。

「んあっ、あっ、あっ、わ、わかりました…、からっ」

さんざん快楽で責められて、ただでさえぐずぐずになっているというのに、そんなふうにされてはおかしくなりそうだった。

「まだ多少残ってはいるが……、まあいいか」

ジェラルドはアディリスに口づけ、舌を吸いながら奥を突く。内奥が溶けていきそうだった。

「んっ、あっ、あっ、ジェラル…ドっ」

「いい子だ」

ここも触ってあげよう、と、彼の指先がアディリスの肉の突起に触れる。

「あああっ…！　またっ」

「両方一緒だと、たまらないだろう？」

泣き所を同時に責められ、身体中が燃え上がりそうだった。快楽が何度も脳天を突き抜けていって、足先が甘く痺れる。

「ああっ…、ああっ！　い、いい、たまらな…いっ」

はしたない言葉を漏らして、びくん、びくんと身体を跳ねさせた。目の前のジェラルドにぎゅう、と抱きつきながら、アディリスは内奥を犯される悦びにまた二度、三度と達するのだった。


「じゃあ取るぞ」

「……っ」

開いた脚の間に指が伸ばされるのを見ていられず、アディリスはふいと視線を逸らした。ジェラルドの指は肉の突起の根元に嵌められた金環に触れ、それを外す。

「ん、うっ…」

食い込んでいたそれは外すのにやや難儀したが、やがてその場所から外れた。拘束されていたようなそこが解放されるような感覚がして、アディリスは思わずため息をつく。

「取れたぞ。痛くないか？」

「……なんだか、少しじんじんします」

脈打つような感覚はアディリスをどこか落ち着かない気分にさせた。

「舐めてやろうか？」

「も…もういいです！　本当にっ……」

これ以上されたら、おかしくなってしまう。慌てて断るとジェラルドはおかしそうに笑った。またからかっているのだ。

「この、下着も……、脱いでいいですか」

彼が履かせた下着も、アディリスがぐっしょりと濡らしてしまったせいでひどい有様になっている。

「ああ。脱いでもいいよ。新しいのがある」

ということは、またこれを履かされるのか。

アディリスはぐっとため息を堪えた。

「私を苛めるのは楽しいですか」

「楽しいね」

彼は嬉々《きき》として答えた。額を押さえたくなる。

「それは、私のような女を屈服させるのが痛快だからですか」

以前に敵の将軍に言われたことがある。お前のような女を裸に剝いて泣かせるのが楽しみだと。結局その男はアディリスが首を獲《と》ってしまったわけだが、今まさにジェラルドは、アディリスを裸に剝いて泣かせているわけである。

「少し違うな」

彼は訂正した。

「君のような、じゃなくて、君だからだ」

「私だから？」

「そう。俺はアディリスのいろんな顔が見たい。笑った顔もだし、幸せそうな顔、困った顔やいやらしい顔も――――」

アディリスの顔が思わず熱くなった。

「君に気持ちよくなって欲しくて色々と考えてるんだが」

「もう充分です――――」

赤くなって俯くアディリスを、彼は笑いながら抱きしめた。

「こういうことは嫌いか？」

そう言われると困ってしまう。なぜなら、決してそうではないからだ。自分はこんなに淫らな女だったのだろうか。

「……嫌いではないので困っています」

「どうして？」

「はしたないと、思われるのではないかと」

ジェラルドは少し驚いた顔をした。

「そんなことあるわけがない」

「けれど女というものは閨においても慎《つつ》ましくあるべきだと教えられました」

「誰に？」

「……誰にでしょう」

そう言われると、誰に教えられたものかはわからない。ただ、漠然とそんな空気になっているのだ。女は大人しくあれ、従順であれ、欲望など決して見せてはならないと。だから剣を握って戦場を駆ける自分は女ではない。そう思っていた。

「俺は君のことを極上の女性だと思っているよ」

「そんなことは」

「ある。俺は姫や令嬢然とした女には興味がないんだ。もっと凛《りん》とした、自分の足で立っているのがいい。そういう女を思いきり抱きたいと思っていた」

「……」

「君を見つけた時、奇跡だと感じたよ」

ジェラルドの言葉はアディリスの心に染み込み、夢見心地にさせる。これは彼の手管かもしれない。けれどそれでもいいと思わせるほどの恍惚をアディリスにもたらした。たとえ騙《だま》されても悔いはないと。

「……今度、馬で出かけよう。もちろん君も馬に乗って。退屈していた頃だろう？」

彼はアディリスのことがなんでもわかるようだった。修練場に行くと彼が悋気《りんき》を起こすようなので遠慮してしまっていたのだ。自分のせいで迷惑がかかってもいけない。

「川で魚を釣って食べよう。花の名前も教えてあげるよ」

あんなに濃厚な情事をしたというのに、ジェラルドはまるで初《うぶ》な少年少女がするようなことをしたいと言う。だがそれは、ひどく魅力的な提案のようにアディリスには思えた。

「……楽しみです」

「俺もだ」

向かい合って見つめ合い、自分たちは微笑み合って口づけを交わした。


その翌週、ジェラルドは約束通りにアディリスを連れ出した。

「やあ、そのドレスも似合ってるな」

今日はいつもよりも動きやすい木綿のドレスを着せられた。とはいっても菫色《すみれいろ》のそれは仕立てもよく、決して粗末には見えない。やや丈が短く、その下にブーツを履いていた。ジェラルドもいつもより上着の丈が短い。

アディリスに宛てがわれた馬は栗毛《くりげ》の若い牝馬《ぼば》だった。馬に乗るのは久しぶりだ。鞍《くら》に跨がると視線の高さがどこか懐かしく感じる。

「どこへ行くのですか」

「南の丘陵地帯だ」

先を走るジェラルドの背を追いかける。陽は温かく風は気持ちよかった。緑の匂いを思い切り胸に吸い込み、アディリスは手綱を操る。

街から離れて小一時間ほど馬で駆けたところにその場所はあった。彼が言った通りになだらかな斜面が幾重にも広がったような景色に、一面の花が咲いている。側には川も流れていた。

「美しいところですね」

馬から下りて辺りを見回し、アディリスはそう感想を述べる。

「気に入ってもらえてよかった。この季節は一番花が多いんだ。その中に君を立たせたかった」

ジェラルドはまたそんなことを言う。

「そのバスケットの中には何が入ってるんだ？」

アディリスが出る時にメイドに持たされたバスケットの中には、敷物とサンドイッチ、葡萄酒とグラスなどが入っていた。

「なるほど。でもランチには少し物足りないな」

彼は川のほうを見る。

「釣りの経験は？」

「遠征の時に」

「結構」

ジェラルドは自分の馬に積んだ荷物から釣り竿《ざお》を二本取り出した。

「どっちが先に釣れるか賭けようか」

「負けたらろくな目に遭いそうにないのでやめておきます」

「負ける予定なのか？」

「挑発には乗りません」

アディリスの負けん気を刺激するつもりなのだろうが、いい加減学習もするというものである。ジェラルドはばつが悪そうな表情で「ちぇ」と零した。まるで子供みたいだ。

川岸に並び、二人で竿を垂らす。しばらくは無反応だったが、やがてアディリスの竿に何かが引っかかった。

「かかってるぞ」

「わかってます」

充分に引きつけて竿を引き上げる。そこには中程度の大きさの魚が食いついていた。

「アディリスの勝ちじゃないか。賭けていたほうがよかったんじゃないのか」

「……そうですね」

かと言って彼に何をさせたらいいのか思いつかない。

「今からでもいいぞ」

「では、魚を捌《さば》いてもらえますか」

「お安いご用だ」

そのすぐ後にジェラルドの釣り竿にもかかり、結局四匹ほどが釣れた。

「約束だからな」

彼はナイフを取り出し、器用に魚を捌いていく。その手際のよさに思わず目を奪われた。

「こんなにできるとは思いませんでした」

「見くびってもらったら困る。俺はここの元首に収まるまでは諸国を旅していて、野営もそれなりにしていたんだ」

意外だった。彼はいつも都会的で洒脱な印象だったので、野宿などしたことがないと思っていた。

火を熾《おこ》し、串にさした魚に塩を振って焼き、草の上に敷物を敷いて昼食の用意をする。外での食事は久しぶりだった。

「焼けたぞ」

「ありがとうございます」

焼けた魚を手渡され、ふうふうと息を吹きかけて囓《かじ》る。塩味がよく利いていて香ばしかった。

「美味《おい》しいです」

「それはよかった」

ジェラルドも自分の魚にがぶりと齧りつく。その姿を見ていると、とても彼が一国の国主であるようには見えなかった。悪い意味ではなくて、気取りがない。

「どうかしたかい？」

アディリスは小さく笑って首を振った。

「不思議な人だと思って」

「それは褒め言葉？」

「さあ、どうでしょう」

自分もこんな軽口が叩けるようになったのか。処刑を覚悟していた頃とはえらい違いだ。

(そもそも、遠くに来てしまったものだ)

祖国はもう遠くにある。向こうがそう思ってくれているかはわからないが。

これからどうなるのだろうかと隣にいる男の横顔をそっと盗み見る。こうして昼間の光の下で暢気に魚など焼いて食べているが、彼とは何度も淫らな行為をした間柄なのだ。そう思うと、なんだか変な感じだ。

「この国はどうだ？」

串を火の中に投げてワインを飲むジェラルドの問いかけに、アディリスは少し考えるようにして答えた。

「皆、申し訳ないくらい私にとてもよくしてくださいます。国としても活気があって、民は幸せでしょう」

「アディリスは俺の妻になるんだから、丁重に扱うのは当然だ」

「本気なんですか」

呆れるようなアディリスの声に、ジェラルドは片眉を跳ね上げる。

「本気だと何度も言っているが？　嫌なのか？」

嫌も何も、私に選択権はない。自分は買われた身だ。そう答えようとしたが、彼の顔を見て、やめた。

「……あなたと結婚をするのが嫌という女性がいたら、会ってみたいものです」

「他の女は関係ないよ。君はどうなんだ」

「私が嫌だと言ったら、どうするんですか？」

「毛布を被《かぶ》って泣くかな」

「……嘘ばっかり」

アディリスは呆れて笑う。だが彼は笑わなかった。ぐい、と腰を抱き寄せられる。

「嘘じゃないよ」

「――――」

ジェラルドの顔を見上げる。彼の瞳の中には、からかいの色などどこにもなかった。

「いつもアディリスのことを考えている。君のことをもっと知りたい。どんなふうに育ったのか、とか」

「たいして楽しい話でもありませんよ」

「そんなことはない。好きな女の話だ」

アディリスは小さく微笑んだ。

「私の両親は、さほど私のことに興味がなかったようです。たまたま剣の才能があったので早々に国の養成所に入れられました。家は裕福でもなかったので、軍人にでもなれれば儲《もう》けものだと思ったのでしょう。私は普通の令嬢が受けるべき教育を受けていません」

アディリスは自分の生い立ちをぽつぽつと語った。こんなことを誰かに話すのは初めてだった。

女だということで侮られ、心ない言葉や態度を向けられたことは何度もあったが、それでも部下たちは自分を認めてくれた。それが何よりも嬉しかった。だから彼らの助命と引き換えに処刑を受け入れたのだ。

「結局、人は誰かに認められたいものなのですね。国のために命を捧《ささ》げろと言われてきて、実際にそうしているつもりだったのに、私は私の大切にしたい者たちのために動いていた」

「それは当然のことだ。君は何も間違っていない」

「……ありがとうございます。ジェラルド」

アディリスは初めて彼の名を呼び捨てる。

「俺もあの戦には少し絡んでいたからこその情報だが、君の部下は誰も死んでいない。無事に今も生きているそうだ」

「……そうですか」

それを聞いたアディリスは深く深く息を吐き出した。

「よかった……。私は、たったひとつ守れたのですね」

自分を認めてくれた彼ら。もう二度と会えなくともいい。どこかで幸せに生きていてくれればいい。

そんな自分をジェラルドがじっと見つめていた。

「その、アディリスの大切にしている者の中に、俺も入っているといいんだが」

「――――」

思わず息を呑んだ。今のアディリスにとって、ジェラルドは今や唯一といってもいい存在だ。そんな彼が大切でないはずがない。

「大切です」

「えっ」

せっかく素直に答えたのに、彼はひどく驚いたような声を出した。

「大切だから、……あなたの隣に立つのが私でいいのかと心配しているんです。私は一国の国主の妻にふさわしい女ではありません」

次の瞬間アディリスは強く抱きしめられる。

「ありがとう、アディリス。断られたらどうしようと思っていた」

「ジェラルド」

「断っていないってことだよなそれは？」

「は、はい」

強引に念を押されて、間抜けた返事をしてしまった。

「俺は今のままのアディリスで充分構わないと思っているけど、君がそう言うなら教えよう。令嬢の教養とやらを」

「……本当に？」

「最高の教師を用意してやる。期待しておいてくれ」

「嬉しいけれど、でもそこまでしてもらうのは」

「妻になる君にしなくて誰にするって言うんだ？」

固辞しようとしたアディリスの言葉はたちまち封じられてしまった。これは、アディリスも覚悟を決めなければならないようだ。

「では、精一杯学びます」

「そんな気負わなくていいよ。気楽にやったらいい。花の名前を知るみたいに」

そしてジェラルドの声がふいに甘く低くなる。

「こっちのことは、俺が引き続き教えてあげよう」

「あ……」

唇が重なってくる。軽く何度か啄《ついば》まれ、躾《しつ》けられたようにアディリスがうっすら唇を開くと、するりと舌が這入ってきた。

「ん」

舌を吸われると頭の芯がじん、と痺れる。こんな感覚があるだなんて、今まで知らなかった。その痺れはだんだんと身体中に広がっていって、力がゆっくりと抜けていく。そして腰の奥がどくん、と疼いた。

「あっ」

これ以上は、とアディリスはジェラルドの胸を押しのける。けれど戦場で幾人もの敵を倒してきたその腕は、ちっとも役には立たなかった。

「アディリス」

「だ……め、ジェラルド……」

「誰もいないよ」

逃げようとすると後ろから抱きしめられる。その手はアディリスの胸を衣服の上から摑んで持ち上げた。

「ああっ」

「可愛い。俺のアディリス」

大きな手で胸の柔肉を大胆に揉みしだかれる。次第に息が乱れていった。身体の奥が熱くなって、変な気分になっていく。

ジェラルドの指先が胸の頂きを布越しに摘まんだ。

「あんうっ」

胸の先から甘い刺激が生まれて全身に広がっていく。

「や、ぁ…んうっ」

衣服の上からカリカリとそれを引っかかれるごとにアディリスの肢体がびくびくと震えた。くすぐったさの混じる快感に我慢できない。ジェラルドはいっこうにそれをやめてくれる気配がなくて、アディリスは自分の肉体の高まりがどんどん止められなくなっているのを感じた。

「すごく固くなってる」

「あ、だめっ…、あっ」

「どうして駄目？　気持ちよくない？」

耳の中に注がれる声に感じてしまって、腰の奥がとろりと濡れてくる。

「だ、だって、こんな、明るい…のに」

息も絶え絶えに訴えると、彼が笑う気配がした。

「明るいからアディリスの可愛い顔もよく見える」

「つ……！」

ひくり、と喉が震える。

「俺によく見せてくれ」

胸の頂の上で不埒に動く指は止まらず、声が勝手に漏れてしまう。アディリスの乳首は衣服の下で固く尖っていた。それをいやらしく刺激されて腰の奥にまで快感が伝わる。

「あっ、んんっ……ああっ」

仰け反ったアディリスの目に陽の光が突き刺さり、思わず目を閉じた。それでもまだ明るいのがわかるのが恥ずかしい。弄ばれる乳首は布の上からでもはっきりと存在を主張し、ジェラルドの指を楽しませていた。秘所から愛液が伝い落ちる感覚。

「首筋まで赤く染めて……」

「ふあ、ぁんんっ」

背後からうなじに唇を這わさせて身体中がぞくぞくとわななく。敏感な身体はもうこれ以上我慢できなかった。

「あ、だ…め、もうっ…、我慢、できなっ……」

「しなくていい。ここには俺しかいない」

そんなふうに言われて、思わず安堵する。同時に内奥から官能の波が込み上げてきた。呑み込まれる。

「んんぁっ、あっ、あ――……っ」

めいっぱい仰け反り、びくびくと身体を痙攣させた。絶頂感に悶えながら背後のジェラルドに腕を回す。唇を吸われて喉の奥で甘く呻いた。

「ふ、あ……っ」

身体中がじんじんと脈打っている。頭の中がぼうっとしてなかなか理性が戻ってこなかった。彼に抱かれるごとに肉体が馴染《なじ》んでいっている気がする。

「イった？」

「あ……」

「可愛い」

頬を寄せられ、何度もそう囁かれた。ジェラルドの手はアディリスのふくらはぎから太股を撫で、ついにはドレスの中に忍び込んでくる。

「ああ……」

アディリスは羞恥に眉を寄せた。次第に大胆になってくる彼の手にももう抗《あらが》えない。服の下で濡らしていたことがわかってしまう。

「だ、め、そこ…、さわらない、で…っ」

「少しだけだ」

「やあ……っ」

下着の中に手が忍び込んできて、アディリスは身を震わせた。長い指が女陰を押し開いて入り口を弄ぶ。くちゅくちゅ音がした。

「は、あ、あ……っ」

「すごく濡れてる…。気持ちよかった？」

「……っん」

アディリスは躊躇《ためら》いながらも頷く。ジェラルドが嬉しそうな笑い声を漏らした。

「いい子だ」

「あんんんっ」

ジェラルドの指の腹が、すでに尖り始めた肉の突起を撫でる。鋭い快感が下肢から込み上げて、アディリスは思わず身を捩った。

「ここ、触って欲しかったんだろう？」

「あ、ふあ、ぁぁ…んっ、そん、なっ……」

「大きくなってる」

「い、言わ、ない、でっ……」

そこは刺激と興奮により皮から飛び出して膨らんでいた。そんな敏感な場所をジェラルドは何度も何度も撫で回す。爪先まで甘い毒に犯されていった。

「気持ちいいだろう？」

耳元で囁かれる魔法の言葉。アディリスはいつしか逆らえなくなっていた。

「き、気持ち、いい……っ」

腰を揺らしながらそう口走る。ドレスの中からは密やかなくちゅくちゅという音が聞こえていた。うっすらと目を開けると目の前には清流があり、辺りには可憐《かれん》な花が咲いている。空は澄みきった青。どう考えてもこんなことをするような情景ではない。

「……あっ」

だがそう思った瞬間、身体がカアッと熱くなった。

(嘘だ、こんな……っ、わたし、は)

こんな背徳感に、興奮してしまうなんて。

「ん、ふ、あぁ…あ」

じゅぷり、とジェラルドの長い指がアディリスの蜜壺の中に沈む。豊潤な愛液を湛《たた》えるそこは淫らに蠢き、彼の指を切なく締めつけた。

「中も感じる？」

「あぁあ…んんっ」

ジェラルドが指でかき回すごとに背中をぞくぞくと快感が走る。肉体が絶頂に向かって駆け上がるのを止められない。

「あっだめっ、そ…な、んぁ、ああっ！　――――…っ！」

夜ごと慣れさせられたジェラルドの愛撫を受けて、アディリスはいとも簡単に達した。髪を振り乱し、仰け反った上体が不規則に痙攣する。

「あっ、あっ……」

目の前がくらくらする。イっている間も中で指が緩やかに動かされて、余韻が長くアディリスを苛んだ。

「たまらないな、君は……」

「あっ！」

何かを抑えたような声でジェラルドが呟くと、指が引き抜かれ、アディリスの身体が草の上にうつ伏せに這わせられる。ドレスの裾が腰の上までたくし上げられ、下半身が外気に触れる感覚がした。

「あっ、こ、こんなところでっ……」

「ごめん。我慢できない」

後ろを振り向いて抗議をするアディリスの目に、ばつが悪そうに謝るジェラルドの姿が映る。

「お詫びによくしてあげるから」

「そ、んなことっ、あっ、んんんぅぅ…っ」

蜜口の入り口に当てられたものがゆっくりと体内に這入ってきた。それは身体中が総毛立つほどの快感だった。

「あ、は…っ、ああ、うう……っ」

「すごい、な。蜜が滴っているよ」

アディリスの女陰はジェラルドとの繋ぎ目から愛液が溢れていた。彼が腰を使い始めると、そこからじゅぷじゅぷと卑猥な音が響く。今自分たちがいる情景におよそ似つかわしくないような光景だ。濡れた内壁を擦られ、入り口から奥までを突かれ、草を握りしめている指先まで痺れるような快楽に包まれる。

「んん、ああっ、あう、あぁぁ…っ」

「アディリス、アディリス、可愛い……」

彼は何度も自分を可愛いと言う。そのたびに体内が引き絞られるような悦びを感じてしまうのだ。下腹の奥が熱くて、蕩けてしまいそうだった。

「ここが好きだったよな？」

「っ！　ああっ、あっ！」

ジェラルドがアディリスの弱い場所を男根の先端で捏ね回す。そうされると強烈な快感が込み上げてきた。わけがわからなくなる。

「あんん、や、だめ、だめぇ……っ」

「君の駄目はいい、ってことだ。騙されないぞ」

確かに、今やめられたらもどかしく感じてしまうかもしれない。そもそもこういう時の言葉は口から勝手に出てしまうものだ。けれども感じすぎてしまうと怖くなって、自然と否定の言葉を漏らしてしまう。

「すっかり俺の形を覚えたかな」

何度もジェラルドのものを味わわされたアディリスの蜜壺は彼の大きさや固さ、形をすっかりわからせられてしまった。そしてジェラルドもまた、どこをどうすればアディリスが激しく反応するかというのも把握しているに違いない。

「俺以外の男に抱かれたらいけないよ」

「そ、んな、こと……っ」

そんなこと、あるわけがない。彼と出会ったこと自体が奇跡のようなものなのだ。

「アディリス」

「んっ、んうっ……」

背後から顎を摑まれて後ろを向かされ、不自由な体勢で濃厚な口づけを受ける。その昂ぶりに内奥の彼のものを強く締めつけてしまった。

「ふあっ、あんんっ……！」

双丘を摑まれ、大胆になる抽送《ちゅうそう》に辺りを憚《はばか》らない声を上げる。長い金髪を振り乱し、アディリスは次第に場所も忘れて行為に溺れてしまうのだった。


「怒ってるかい？」

「……少し」

「すまない」

乱れてしまった着衣を直し、髪をかき上げるアディリスにジェラルドが申し訳なさそうに声をかける。

「君を見ていたらたまらなくなったんだ。こんな童貞みたいな反応をするのはアディリスにだけだよ」

「童貞の方はあんなことはしません」

「あんなこととは？」

自覚がないのか、聞き返されてアディリスはぐっと言葉に詰まった。

「あんな、妙な小道具を使ったりとか……」

いつぞや、大事なところに金環を嵌められて苛められたことを思い出し、ひどく言いにくそうに答える。

「ああ、あれか」

だがジェラルドはちっとも悪びれていないようだった。

「どうしてもやってみたかったんだよ」

「……」

今度はあまりに堂々と答えられて、アディリスは思わず脱力する。

彼にアディリスを辱めようという意図はないのだろう。それはなんとなくわかってきた。

ただ彼は、様々なやり方を試したいだけなのだ。

本当に、調子が狂う。

「もういいです」

結局は彼に絆《ほだ》されてしまっているのだ。これだけのことをされても嫌ではないというのがそれを物語っている。

「呆れたかい？」

「呆れるなんて、それはあなたの台詞では？」

「というと？」

「私のことをはしたないとお思いでは」

「俺が君を？　どうして？」

疑問文だらけの会話の応酬に本当に彼には他意がないのだと知った。

「アディリスは素敵だよ。何一つ悪いところなんてない」

「……それは、買いかぶりすぎです」

「買いかぶりなものか、君は美しく勇敢で、可愛らしい。自分では教養がないなんて言うが、君にはどこか汚せない気品のようなものを感じる。それは他の女にはあり得ないものだよ」

過分に褒められすぎて顔が赤くなる。これまでどちらかといえば自分の部下以外には冷たい言葉を浴びせられることが多かった。女だてらに将軍職まで昇りつめれば色々とある。敵方にはもちろん、祖国にもアディリスのことを目の敵にする者は少なくなかった。

だからジェラルドに会ってから賛辞の嵐を浴びせられ、戸惑っている。

「……そんな君をどうしようもなく乱したいと思う俺が獣のような欲を持っている。嫌われたらどうしようといつも思っているよ」

「嫌いません」

アディリスは咄嗟《とっさ》に答えた。だが自分は彼ほど弁が立つわけではない。言葉を探そうと努力して続けた。

「ジェラルドは私を買ったといいますが、私はあなたに会えてよかったと思っています。今の生活は、その……夢のようで」

構いません」

「私も、ジェラルドのことが好き……です。だから、あなたの思うように私を扱ってくれて
「……アディリス」

「……夢のようなのは俺のほうだよ」

ジェラルドの腕がアディリスを抱きしめる。それに逆らわず身を任せた。

「誓おう。大切にする。俺の妻になってくれ」

「私でよければ」

「君以外はいらない」

熱い言葉と共に降ってくる口づけ。アディリスは目を閉じてそれを受け入れながら、今が
人生で一番幸せだと感じていた。

「――それでは本日はここまでにいたしましょう」

「ありがとうございました」

「アディリス様はとても飲み込みがいい。教え甲斐《がい》がありますよ」

いつも気難しそうな礼儀作法の教師が今日初めて微笑んだ。アディリスはそれだけでほっとする。

ジェラルドはアディリスのために、本当に何人か教師をつけてくれた。礼法に始まりダンスや詩の座学、花の名前を学ぶ授業もあった。

彼の厚意を無にしてはならないと、アディリスは懸命に学んだ。授業の中で注意されたことは二度は間違えなかった。

ジェラルドに招かれた教師陣は、アディリスが彼の妻となることを当然知っているらしいが、アディリスの出自については調べればわかることだろう。だが彼らは余計なことは言わず、自身の仕事を淡々と遂行していった。アディリスにとって、それはありがたいことだった。

「礼法の教師が、もう教えることはないと言っていたそうだね」

「ええ。なので、来週で最後となるのですが」

「礼儀作法なんて決まった型しかない。一通り覚えれば後は楽勝だ」

「……だといいのですが」

アディリスは苦笑する。いくら授業で学んだといっても、まだ実際に試したわけではない。今のアディリスは、初陣を経験していないのも同然だった。

「他の教師たちも皆君を褒めていたよ。実に覚えがいいと」

「ジェラルドがせっかく先生方を頼んでくださったのですから、真剣にやるのは当然です」

「君のそういう真面目さは美徳だと思うがね。俺は構ってもらえなくて少々拗ねている」

ジェラルドは長椅子に座っているアディリスの膝に自分の頭を乗せるようにして寝転がった。

「ちょっ……」

「いいだろう、これくらい」

もしかして甘えられているのだろうか。こういう時にどうしたらいいのかわからなくて、アディリスはとりあえずそっと彼の髪に触れてみる。

「ずっと俺の側にいてくれ」

「……どうしたんですか、急に」

「どこにも行くなよ」

彼はアディリスの腰に腕を回し、ぎゅう、と抱きしめてきた。

「他に行く場所などないです」

処刑場に連れていかれるのだと思ったアディリスの前に彼が現れた時から、自分の居場所はここにしかなかった。

「以前の私なら、こんなことを思うなんてあり得なかったでしょう。どこかの戦場で死ぬのだと思っていました」

「それは悲しいな」

ジェラルドの真摯な目がアディリスを見上げる。

「君が死ぬなんて耐えられない。俺を悲しませないでくれ」

ジェラルドは腕を上げ、アディリスの頭を引き寄せた。長い髪が彼の顔を隠し、唇が重なる。どのくらい口づけていたのか、アディリスの頬がほんのり色づく頃、それは離れた。

「――――そうだ、ダンスも上手いと報告を受けていたぞ。俺と踊ってくれ」

「え、今、ですか」

「これからはそんな機会も増えるだろう。合わせておいて損はない」

起き上がったジェラルドがアディリスの手を取る。おずおずと立ち上がり、部屋の中央まで移動した。ポジションを取るために腰が抱き寄せられる。音楽がないので彼が拍子をとった。

「そう、俺に身体を預けて……上手いじゃないか」

レッスンを思い出し、間違っても彼の足を踏まないように気をつけてステップを踏む。だが、ジェラルドのリードはひどく踊りやすかった。アディリスはいつしか、頭の中で手順を追うことも忘れて彼の腕の中で回り、流れるように床を踏む。楽しい、と思った。いつまでも踊っていたいような。

「素晴らしいよ、アディリス」

「ありがとうございます」

「やはり元々身体を動かしていたからかな。筋がいい」

「ジェラルドのリードが上手だったからだと思います」

正直に告げると、彼は少し照れたように笑った。

「君に褒められるのは気分がいい」

アディリスもつられたように微笑み返す。すると彼がまた口づけてきて、アディリスも両腕を彼の首に回した。

「ん……」

アディリスも女性にしては身長があるほうだが、靴を履いていてもジェラルドの背が高い。やや背伸びをしたまま口づけに応えていると、まるで舌を食べられてしまいそうに深く貪られた。

「んんっ」

頭がくらくらする。浮かせた踵《かかと》がぐらぐらと震えたが、腰をきつく抱かれてその体勢を維持された。いつの間にか長椅子になだれ込んで重ねる角度を変えられる。

「んぁ、ん……っ」

くちゅくちゅと舌の絡まる音が響いた。いつの間にこんな淫らな口づけができるようになったのだろう。みんな彼に教えられたことだ。

(身体のあちこち、じんじんする)

胸の頂や下腹の奥、そして肉の突起が熱を持って疼いていた。蜜壺の奥からとろりと溢れてくるものがある。口づけだけで発情したようになる肉体が恥ずかしくてならなかった。

「……したくなった？」

それを見透かされたように囁かれ、アディリスは思わず逃げ出したくなる。

「ご、ごめんなさい……っ」

「どうして謝るんだ」

彼はアディリスが逃げ出そうするのを、長椅子の背もたれに両腕をついて囲い、許さなかった。

「敵前逃亡は重罪だろう？」

「わ、私、こんな、いやらしくて……っ」

両手で顔を隠す。欲情しているだろう表情を見られたくなかった。きっと呆れられてしまう。なのに、ジェラルドはどういうわけか逆に息を荒らげてアディリスを抱きしめてきた。

「えっ……！」

「すまない。ますます興奮した」

彼は自分の顔を隠すアディリスの手を努めてゆっくりどけながら言葉を漏らす。

「君が可愛くて……可愛くて、どうにかしたくて我慢できない」

「――」

目にした彼の瞳は欲情にぎらついていた。それを見た瞬間、身体の奥がカッと熱くなる。

「んあっ!?」

いきなりドレスの上から両胸を掴まれて揉みしだかれ、アディリスは短い悲鳴を上げた。

豊満な乳房が彼の掌の中で形を変えている。

「あ、あっ……」

「ベッドは隣の部屋だ。今ここでソファで抱かれるのと、どっちがいい」

熱い吐息混じりの声が耳元で囁かれた。アディリスは肩をわななかせながら、やっとの思いで「ベッドで」と答えるのだった。

「んん、ふっ……！」

ジェラルドの手でドレスを乱され、やわやわと胸を揉まれながら、舌先で乳首を転がされる。アディリスは両手でシーツを鷲掴みながらその快感に悶えていた。彼の舌で固く尖った胸の突起を転がされるたび、腰から背中にかけてぞくぞくと気持ちのいい波が走る。

「あ、あ…あっ、あん、んっ……」

「すごく、尖ってる」

「んぅぅっ……！」

じゅう、と音を立てて乳首を吸われ、びくん、と背中が跳ねた。もう片方を指先でくりくりと捏ねられて身体中が甘く痺れる。蜜壺の内奥から溢れる愛液はもう下着を濡らしていた。

下半身が切なくなって、アディリスは内股を擦り合わせる。

「脚は開いていてごらん」

「や、やっ……！」

口で抗っても、力の抜けきった肢体はジェラルドの思うがままになる。ドレスの裾は太股の上までまくれ上がり、薄い靴下に包まれたすんなりとした脚が左右に大きく開かれた。綻んだ女陰から愛液がとろりと零れ落ちる感覚がする。

「もうぐっしょりだ。……君は本当に濡れやすいな」

可愛い、と囁かれてまた濡らしてしまう。早くそこに触って欲しくて、アディリスは踵をひっきりなしにシーツの上で擦らせた。

「ん、んんっ……ん、ジェラル、ドっ……」

「触って欲しい？」

アディリスは涙目になってこくこくと頷く。彼に躾けられた身体は最も感じる場所を知っていた。ジェラルドの手が太股をなぞり、ドレスの裾の中に入っていく。その指が薄い布越しに敏感な場所をそっと撫で上げていった。

「んあ、あぁ……ン……っ」

もどかしい。

彼はまた乳首に卑猥な刺激を与えながらアディリスの脚の間をゆっくりゆっくりなぞっていく。遠回しな快感を与えられてよけいに肉体が昂ぶっていった。

「は、あ、んっ、……そこ、ばっかり、いやあ……っ」

「少し我慢しておいで」

優しく宥めるように囁かれて、アディリスは嫌々と首を振る。こんなの、もう少しも我慢できない。それなのに乳首はねっとりと可愛がられ、身体の芯を弾かれるような快感を与えられていた。

（あ、もう、だめっ）

「ふあっ、あぁぁあ…あ…っ！」

アディリスの背中が大きく仰け反る。乳首を責められてイってしまい、蜜壺がひくひくと収縮した。

「……いい子だ」

達したばかりの乳首は彼の唾液によって淫靡《いんび》に濡れている。身体に纏わりつくドレスを脱がされると、アディリスは太股までの靴下を残しただけの姿になる。

「ご褒美をやろう。君が大好きなやつだ」

「ああっ……」

膝の裏に手をかけられて恥ずかしい部分を露わにされた。開いた女陰から蜜が滴ってシーツを濡らす。あまりに恥ずかしくて死にそうなのに、彼はそこにじっと視線を這わせるのだ。

「や、やあ、見ない、でっ……」

「どうして。いやらしくて綺麗だ」

まるで視線に愛撫されているようだ。くぱりと開いた割れ目も、鞘《さや》から飛び出して膨らんだ肉の突起も、そして内奥からとろとろと溢れ出る愛液も、すべて見られてしまっている。

「慎ましい君も淫らな君も大好きだよ」

「あ、は、あ、ア、～～～っ！」

何が起こったのかわからなかった。

蜜壺の奥がきゅううっと収縮したかと思うと、アディリスを絶頂が包み込む。

(わたし、見られた、だけで)

アディリスはジェラルドの視線だけで達してしまったのだ。

「……アディリス。最高だよ、君は」

「んあっ、あっ、あ――……っ」

ジェラルドの頭がアディリスの股間に沈み込む。伸ばされた舌先が蜜壺を舐め上げ、根元から勃ち上がっている肉の突起を優しくくるみ込んだ。

「ふあ、あぁあ…っ」

泣きたくなるような気持ちよさに下半身を占拠される。その突起はジェラルドによって育てられ、すぐにはしたなく尖ってしまうのだ。鋭敏なそれを何度も舐め上げられ、アディリスの足の爪先がひくひくとわななく。

「気持ちいい?」

「んあ、あ、い、いぃ…っ」

素直な言葉が口から漏れた。恥ずかしい。でも感じて昂ぶってしまう。見ないで欲しいのに、もっと奥まで見て欲しい。頭の中がぐちゃぐちゃだった。腰が卑猥に揺れる。

「じっとしておいで」

「だ、だって、あ、んああっ!」

肉の突起が彼の口に含まれて吸われる。身体の芯が引き抜かれてしまいそうな快感に喉を反らして悶えた。

「は、あんんっ、あぁあ、だ、だめ、そこ、吸わない…で…っ」

「感じすぎるからか？」

アディリスは必死で頷く。

「す、すぐイきそう…っだから…っ」

「そうか」

するとジェラルドがあっさり舌先を引いてしまうので、肩透かしをくらったようになった。

「え、あ…っ」

「イくのは嫌なんだろう？」

指で蜜壺の入り口をくちゅくちゅと弄ばれる。下腹の奥がきゅうきゅうと疼いて、もどかしさに全身を支配された。

「あっ、あっ、あっ」

ジェラルドは指先を遊ばせながら、アディリスの火照った内股に口づけた。時折舌先が脚の付け根を舐め上げ、それからまた離れていく。

「ん、んあ…っ、あああ……っ」

とろ火で炙られているようだった。さっきまでたっぷりと感じさせられていた肉の突起は突然放り出されて、刺激を欲しがってそそり立っている。

「い、いや、あ…っ、ジェラルド……っ」

「うん？」

彼は優しく答えた。

「どうして欲しい？」

アディリスは涙をいっぱい湛えた目で彼を見上げる。もうどうにでもして欲しかった。

「意地悪、しないで…っ」

するとジェラルドはふ、と笑った。

「すまない。君があまりに可愛いものだから」

ついめちゃくちゃにしたくなる、と、彼は物騒なことを囁く。

「じゃあ、たくさん苛めてあげよう」

「……っあぁああんんっ」

びくんっ、とアディリスの身体が跳ねた。

刺激を待ち望んでいる肉の突起を再び舐め上げられ、何度も転がされる。

「ふ、ふうっ、ううんんっ」

強烈な快楽が一気に全身に広がり、たちまち下半身が蕩けそうになった。ジェラルドが舐めているところは愛液が洪水のようになっている。

「あ、あっ、いく、いくっ」

理性が残っていれば絶対に口にしないような言葉が零れ出た。膨れ上がり充血したそれが彼の口の中で舐《ねぶ》られる。

「あぁぁぁあぁ」

自分の声ではないような甘く媚びた嬌声。アディリスは絶頂に身悶えながら広げられた膝をがくがくと痙攣させた。

「んん……あ…っ」

深い極みにくらくらと目眩《めまい》がする。悦びに打ち震えながら、アディリスはこの夜が長いものになるということを薄々と感じ取った。


「あ…っ、あ――――…っ」

じゅぷ、じゅぷと卑猥な音がする。逞しい男根が蜜壺に抜き差しされ、繋ぎ目は白く泡立っていた。

「うっ…ん、あああっ…!」

ジェラルドがゆっくりと腰を使うたび、媚肉がずろろ…と擦られてたまらない快感が押し寄せてくる。それでいて奥の壁に重くぶち当てられるのだから、アディリスはもうおかしくなりそうだった。

「んあっあっあっ」

「……俺のに、吸いついてくる。すごいな」

「そ、そんな…のっ」

アディリスも意識してやっているわけではない。ただ、自分の中がジェラルドのものに絡みつき、ひくひくと食い締めていることはわかっていた。その内壁を振り切るように動かれ、腹の中が煮えるように熱い。彼はアディリスの弱いところはすべて知っているというように、身体がビクつく場所ばかりを狙って突いてきた。

「んっんっうっ……、ああっ！」

快感が脳天まで突き抜ける。思考が白く濁って何も考えられなかった。身体がどろどろと蕩けていくようで、どこからが自分の身体なのかもわからない。

「ひ、あ、熔けちゃう……、とけ…っ」

「ああ…、俺もだ」

熔けてひとつになろう、と囁かれ、ジェラルドの肉体に懸命にすがりついた。互いの身体がぴたりと重なる感触に安堵する。彼の逞しい腕に抱きしめられて途方もない多幸感が溢れた。

「アディリス、アディリスっ……！」

「あ、あ、ジェラルドっ……」

唇を重ね合い、互いの舌を夢中で吸い合う。内奥からせり上がってくる絶頂感に身を任せ、翻弄された。蜜壺の奥に熱い迸《ほとばし》りが放たれる。

「んあぁあああ」

「ぐっ……！」

びくびくとしなる身体を骨が折れそうなほどに強く抱きしめられた。

「……っ」

目の前がちかちかする。アディリスは恍惚として喘ぎながら、耳元で荒い呼吸を繰り返すジェラルドをぎゅう、と抱きしめた。


「今日も素晴らしかったよ」

ジェラルドは毎回律儀にそう言って、額や頬に口づけてくる。アディリスは正直、行為の後の自分は見られたくない。髪はぐしゃぐしゃになっているし、顔も身体も汗だくでろくに動けなくなっているからだ。下半身にいたっては言うまでもない。

「お…、終わったら、早めに出ていくか向こうを向いてくれませんか」

ジェラルドの前では少しでも綺麗な自分でいたいのだ。そう思ったアディリスは思いきって言って見た。すると彼はひどく驚いた顔をする。

「え、どうして……」

「どうしてって……」

「君は俺の身体にしか興味がないということか？　それとも怒っている？」

「違います！」

アディリスは慌てて否定した。

「じゃあなぜだ。俺は事後の時間もこうしてくっついているのが好きなんだが。何か不満があれば改善しよう」

「不満というか……」

沸騰していた意識が次第に冴《さ》えて羞恥心が戻ってくるのも苦手だった。自分の痴態を思い返していたたまれなくなる。

「色々と、みっともないでしょう、私」

「？　まったく？」

ジェラルドは本気でわかっていないようだった。

「……子供の頃から、いつもちゃんとしていなさいと言われてきました。泣いたり取り乱したりするのはみっともないことだと」

「アディリスはちゃんとしていると思うが。しすぎるくらいだ」

「さっきまではしていませんでした」

ジェラルドはそこで初めて得心がいったように「ああ」と頷く。

「俺はアディリスのいろんな姿が見たいんだ。ちゃんとしているところも、していないところも。何度も言っているだろう？」

そうだった。アディリスは彼にどんな場面も否定されたことはない。

「さっきみたいに剝き出しにしてくれるのは俺としても嬉しい。何より俺だって、こんな獣のような顔を君に見せている。おあいこだと思えばいいんじゃないか」

「ジェラルドは……、どんな時も素敵だと思います」

彼は一瞬言葉を詰まらせたようだった。

「アディリスはなかなかの殺し文句を言う」

乱れた髪がジェラルドの指でかき上げられる。

「それを言うなら、君だってどんな時も美しい」

彼は知っているのだろうか。そんな言葉のひとつひとつが自分を生かし続けているということを。

「……それなら、もう少しこのままでいても？」

本当はアディリスとて、朝までぬくもりをわかち合っていたい。それが許されるというなら、嬉しかった。

冷えはじめた肩を抱かれ、ジェラルドの胸に顔を埋める。すると心地よい睡魔が訪れて、アディリスは目を閉じた。

「おやすみ」

ゆったりと意識が沈んでいく感覚。彼に抱かれているのならば、闇も怖くなかった。

「アディリス様、おはようございます」

「おはよう」

朝の支度をするメイドが部屋を訪れて、アディリスは髪をとかしてもらうためにドレッサーの前に移動する。人に世話をされることも少し慣れてきた。

「ここのところなんだかお笑いになっていることが多いですね」

「え、そう？」

「ええ。以前は時々塞ぎ込んでおられるような顔をすることがあって心配していたのですが……」

「そんなつもりはなかったけれど……。ごめんなさい」

「いいえそんな！」

自分の在り方について考え込むことが多かったのだが、彼女たちにも気を遣わせていたのだろうか。そうであったなら申し訳ないことだと思った。だがメイドは慌てて首を振る。

「いきなり異国へ来て、戸惑うことも多かったのでしょう。それは仕方ないことです。でも最近はそういうお顔も減ったということは、だいぶ慣れてきたということですか？」

「……そうかもしれない」

アディリスは小さく笑った。それはきっと、ジェラルドが根気よくアディリスに言葉を尽くしてくれたからだろう。君は素晴らしい。何も悪いところなどないと。

彼のおかげで、アディリスは自分がここにいてもいい存在なのだと思うことができた。

「今日は髪を結ってみましょうか？」

「似合うだろうか」

「ご結婚なさったら、どうせ結うことになりますし……。少し早いですけど、試してみてもいいかもしれません」

女性は結婚したら髪を結い上げることが一般的だ。アディリスはこれまで金の髪を下ろしていたが、急にそんなことを言われ、ジェラルドとの結婚が妙に現実的な様相を呈してきたことに戸惑う。

「では、結ってみますね」

鏡の中にやや緊張したような面持ちの自分がいる。メイドはにこり、と笑って、手慣れた仕草でアディリスの髪を結っていった。

「髪飾りはどちらにありますか？」

「このドレッサーの中に、ジェラルドが」

ジェラルドが以前、適当に見繕って入れておくから後から気に入ったものが見つかったら買い足してくれと言っていた覚えがある。だがアディリスは結局使わないか、つけてもごくシンプルなものにしていた。

「まあ、素敵なものばかり。さすがジェラルド様」

「どれをつけていいのかわからなくて」

「こちらなどいかがですか」

メイドが取り出したのはルビーが連なった繊細な細工が施された髪留めだった。

「アディリス様の瞳の色とも合って、よくお似合いかと」

ジェラルドがアディリスのことを思ってよく吟味して選んでくれたことがわかるものだった。これまで遠慮して使わないでいたことを申し訳なく思う。

「では、これで」

「かしこまりました」

メイドはその髪留めを最適な位置につけてくれた。

「いかがですか」

「……」

まじまじと鏡の中の自分を見る。不思議な感じがした。

「とても大人っぽくなりましたね。貴婦人らしいです」

「……ありがとう」

実際、髪を結い上げたメイドの腕がいいのだろう。後れ毛をいくつか残し、自然な形で結ったそれは可愛らしさを残し、アディリスを宮廷の貴婦人のように仕立て上げていた。

「ジェラルド様にお見せになってきたらいかがですか？」

「えっ!?」

驚いたアディリスは声を上げてしまう。メイドはそんなアディリスに逆に驚いたようだった。

「そんなことのためにわざわざ見せに行くなんて……」

「ジェラルド様は、アディリス様のことに一番興味がおありになるようですよ。今の時間ですと執務室にいらっしゃると思います。ちょうど休憩の時間になりますし、お顔を見せられたらお喜びになると思いますよ」

仕事中に邪魔するものではない、と思い、アディリスはこれまでジェラルドの執務室を訪れることはしなかった。

だが休憩中に少しだけならいいだろうか。そう思ってメイドを見ると、彼女はにこりと笑った。

このあたりへは初めて足を踏み入れる。

宮廷というのだろうか。ジェラルドは国の元首という立場なので、少し違うような気がするが、ここが国の中枢だということは同じだ。その中でも彼の執務室は特に重要な場所のような気がして、アディリスは足を運ぶことを遠慮していた。特に用もないのに自分が行ったら邪魔になると思ったからだ。

だが、気軽に遊びに行けばいいみたいに促されて、少し肩透かしをくらったような気がする。

(本当に行っても大丈夫だろうか)

アディリスが普段いる居住棟から表の政治棟へと近づくにつれて行き交う人が多くなってくる。そしてすれ違う人々の多くがアディリスを見ると丁寧に挨拶をしてくれた。

教えてもらったジェラルドの執務室の前まで来ると、アディリスはそっと扉を開ける。そこはソファと椅子だけが置いてあって、その奥にもうひとつ扉が見えた。おそらくあそこに彼がいるのだろう。

するりと部屋の中に入り、奥の扉の前に立つ。ノックをしようと声を上げた時、中から声が聞こえた。

「――――それは確かな情報だろうな」

「はい」

ジェラルドが誰かと話している。その声はひどく真剣なものだった。

邪魔してはいけない。そう思ったアディリスがその場を立ち去ろうと思った時。

「やはり、アディリスはエグバートの皇帝の落胤《らくいん》だったか」

「エグバートに潜入させていた工作員からの情報です。間違いないかと」

――――え？

思わず耳を疑った。

落胤？　落胤とは確か、身分の高い男性が女性に産ませた庶子のことだ。

(私が……皇帝の？)

現実感のない言葉だった。アディリスはその場を去ることも忘れ、部屋の中の会話に耳を傾ける。

「十九年前、エグバートの皇帝が侍女に生ませた子がアディリスか。そして彼女は、家臣の手によって下級貴族の家に預けられた」

「そのエイヴァリー家にも、アディリス様がご落胤だということは伏せていたそうです。無用の火種を生むことになりかねないと」

「だろうな。知らされていたら、彼女は生家からあんな扱いは受けていないはずだ」

「今回エグバートがあういうことになったせいで、残党の一部からアディリス様を担ぎ上げる動きが出てきました。そのおかげでこの事実が判明したというわけです」

「エグバートの他の皇族は？」

「皆自害したか、行方知れずです。国外に落ち延びた者もいるでしょうが」

「そうか」

「ジェラルド様はわかっておられたのですか？」

「まあ、なんとなくはな。気になっていた」

それで調査させたんだ、と彼は言った。

「アディリスがこちらにいることで、エグバート占領時もこちらの発言力にも大きな違いが出てくるだろう」

「それは確実でしょう」

（――――！）

アディリスの周りから音が消えた。音だけではない。今立っている場所が、ただ灰色にそめられた空間のように感じられた。

これまで彼がアディリスにくれた愛の言葉。行動。態度。

それらが剝がれるようにバラバラと崩れ落ちていく感覚がした。思わずよろめいた拍子に、ヒールがコツ、と音を立てる。

「――――誰だ」

彼の部下が素早く扉を開けた。

「――――アディリス様」

「アディリス」

彼らの目がこちらに注がれる。どこか構えたようなジェラルドの視線が悲しかった。

「……今の話は、本当なのですか」

自分の声がどこか掠れているように聞こえる。怖々と訪ねたアディリスにジェラルドは重々しい表情でため息をついた。

「本当らしい」

「私を買ったのは、そのためなのですか」

そんな言葉が思わず口をついて出る。ジェラルドがはっと顔を上げた。

「あなたの商売をやりやすくするため？　あるいは私を欲しがる者に、また高く売りつけるつもりでしたか」

「違う」

彼は即座に否定したが、その声はアディリスには届かなかった。

「私は――――夢を見て。けれど、私は馬鹿でした。そんなもの一瞬でも見たほうが愚かだったというわけですね」

「違う、アディリス――――、待て！」

気がつけばその場を駆け出していた。長い廊下を走り、人目を避けて無我夢中で走る。途中ですれ違った者たちが驚いていたようだが、それを構っている余裕もなかった。

気がつけばアディリスは庭園のようなところにいた。建物と建物の間にある中庭だろうか。植え込みが迷路のようになっていて、身を隠すには都合がよかった。

アディリスは生け垣の陰に座り込むと、膝の間に顔を埋める。

「――――……っ」

押し殺した嗚咽が涙と共に漏れていった。

(やはり、叶わなかった)

よくよく考えてみれば当たり前のことだ。あんなに素敵な、地位のある男性が私など本気で愛してくれるわけがない。

彼からしてみれば浮かれている自分はさぞかし滑稽だったことだろう。ジェラルドにとっては、ただの商売の道具、あるいは取引の材料でしかなかったというのに。

(いつから勘違いしていたのだろう)

ジェラルドに出会った当初の自分は、まだ期待などしていなかった。彼に連れられて屋敷に入った時も、初めて抱かれた時も、彼が愛してくれるなどと夢にも思っていなかった。

(それなのに)

何度も抱かれ、甘い言葉を紡がれるごとに、アディリスの心はジェラルドにどんどん惹かれていった。だが彼にしてみれば異性との経験のない自分など籠絡するのはひどく容易かったろう。

――これからどうしよう。

涙を拭い、アディリスはのろのろと立ち上がる。

「どこにも行けない」

アディリスには帰るべき国も、家もなかった。ここを出たとてどうなるだろう。自分はあの日、彼に買われた身だ。どのみちアディリスは処刑される運命であり、決してジェラルドに愛される人生ではなかった。ただそれだけだ。最初に戻っただけ。

――だが。

(戻れない)

最初になんて戻れない。自分はこんなにも彼を好きになってしまった。

アディリスはそのまま、生け垣の陰に立ち竦んでいた。遠くから微かに自分を呼ぶ声が聞こえる。おそらくアディリスを探しているのだろう。

戻らないと。そう思うのに足がうまく動かない。いつまでもここにいたって仕方がないのに。

日が傾いてきて、空の端が橙色《だいだいいろ》に染まり始めた。もうすぐ日が暮れる。もし自分が戻らなかったらジェラルドはどうするだろう。私を探すだろうか。

おそらくはそうするだろう。自分はエグバート皇帝の落とし子であり、デラウムの重要なカードなのだ。

それなら、彼の役に立ってみるのもいいのかもしれない。

アディリスはジェラルドに感謝している。戦うことしか知らなかった自分に、人肌の温かさと我を忘れるほどの熱と、ひとときではあったけれども夢を見せてくれた。それだけでも充分ではないか。

そう思うとようやく足が動き始めた。庭園を出ようとすると、ふいに近くから足音が聞こえる。生け垣の向こうから急に現れた姿を見てアディリスはぎょっとした。

「アディリス！」

「……ジェラルド」

なぜ彼がここにいるのだろう、とぼんやりと思った。見れば彼はずいぶんと息を切らして、額に汗まで浮かべている。ジェラルドはアディリスの姿を確認すると、両膝に手をついて大きく息をした。

「……よかった。ここから出ていかれたらどうしようと思ってた」

「……ジェラルド、あの」

何かを言いかけようとした時、アディリスはふいにジェラルドにきつく抱きしめられた。

「すまない。君を傷つけるつもりはなかった」

「……」

こんな状態であっても、彼に抱きしめられるのは嬉しい。性懲りもない自身の恋心に呆れた。

「ちゃんと話がしたい。部屋に戻ろう」

ジェラルドはアディリスの手を握り、先に立って歩く。その手はもう逃がさないと言いたげにしっかりと握られていた。

「泣いていたのか？」

寝室のベッドに座ると、ジェラルドの指がアディリスの目元にそっと触れた。

「あなたが気にすることではありません」

アディリスは微かに身を引く。宙に浮いた彼の手が行き場をなくしたように下ろされた。

「まず誤解を解いておきたい。俺はアディリスのことを利用しようと思ったことなど一度もない。……いや、すまん。それは嘘だ。最初はそう思っていた。君の噂を聞いた当初までは」

「噂？」

「商売の基本は情報だ。だからうちは、主立った国に諜報員《ちょうほういん》を送り込んでいる。ある日デラウムの諜報員から報告が上がってきた」

曰《いわ》く、エグバート軍にいる女剣士が、皇帝の落胤である可能性があると。

その情報を摑むことができたのは偶然だった。諜報員は商人として王宮に出入りしていたのだが、ある日厨房《ちゅうぼう》で使う野菜を運んでいる最中にエグバートの重臣同士が話をしているところを見かけた。何か情報でも摑めたらいいと思って身を隠して聞き耳を立てていたところ、彼らは軍にいる、まだ一般兵だったアディリスの話をしていた。

『先日の戦で、武勲を上げた者の中に十五歳の少女がいたらしいと聞いたが』

『エイヴァリー家の娘だろう』

『あの下級貴族か。うだつの上がらない男だと思っていたが、娘はなかなかできるようだな』

『それはそうだろう。本当の娘ではないからな』

『というと？』

『他言無用だぞ。どうもあの娘は、陛下のご落胤らしい』

『なんだと!?』

『昔、陛下が侍女に手をつけて産ませた子だ。その侍女は生まれた子の扱いに困って赤ん坊を置いたまま失踪してしまってな。本来は殺されるはずだが、不憫《ふびん》に思った当時の侍従長がエイヴァリー家に養子に出した』

『陛下はご存じなのか？』

『いや、ご存じではないはずだ。だからまあ、あの娘は実力でのし上がってきたことになるのだが。もちろんエイヴァリーにもそのことは知らせていない』

自分の出生の秘密を、アディリスは固唾を呑んで聞いていた。自分が養女であることは知っていた。父もよけいな子供を押しつけられ、さりとて王宮から託された子では粗末に扱うこともできず、難儀していただろう。アディリスが軍の養成所に入った時はあからさまにほっとしていた。

「面白い話を聞いたと思って、何かに利用できないかとその後も君のことを調べさせていた。そしてある日、どうしてもこの目で見たくて君が戦う戦場まで行ったよ。そこで初めてアディリスのことを見た」

その戦場は、アディリスが将軍職を賜る決め手となった場所だった。そこでアディリスは三人の大将首を討ち取ったのだ。

「あの時の衝撃は……なんと言っていいか。そう、興奮したんだ」

ジェラルドは当時のことを思い出すように口元に笑みを浮かべる。

「風のように戦場を駆け回り、次々と敵を倒していく君を何よりも美しいと思った。そこからはアディリスにも話したろう。俺はずっと君を見ていたんだ」

そして同時にアディリスの動向をも探っていた、と彼は言った。

「皇帝がいつ君に接触してくるかと思っていたんだが、その前にエグバートは滅びてしまったね。だが、それは俺にとって君を手に入れる好機でもあった」

だがアディリスは敵国に捕まり、投獄されてしまう。

「うかうかしていたら君は処刑されてしまう。ようやっと間に合った時は本当に胸を撫で下ろしたよ」

戦に負けたエグバートは今や国体を失っている。国を復活させるのは象徴が必要であり、アディリスは充分その対象となりえるのだ。

「だが、もうそんなことはどうでもいいんだ、俺は」

ジェラルドは言う。

「俺はどうしてもアディリスが欲しい。そう思うようになった。部下たちに言ったら最初は呆れられたがな。だが俺が君に夢中なのを見て、もう駄目だと諦めたんだろうよ」

ジェラルドの気持ちを聞き、アディリスの心は揺れた。

「君はどうしたい、アディリス」

真っ直ぐな視線を向けられて、アディリスの喉がぐっ、と詰まる。

「……ひとつ、確認させてください」

「なんなりと」

「ジェラルドは私を利用しようとしていた。けれど、今は違うのですか？」

「違う。さっきもそう言った」

彼は即答した。彼の執務室でアディリスが逃げ出す前のことだ。

「今はもう、エグバートの奴らの前に君を出したいとも思わない。どうしたら信じてもらえるだろうか」

アディリスは生け垣の陰で泣いていた時のことを思い出した。あの時自分は、彼に利用されるのならそれでもいいと思っていたのだ。ジェラルドに恩を返せるのなら自分にはそれくらいしかできないと。

「私のことは、利用してもらっても構いません。それであなたの役に立てるのなら」

「アディリス」

ジェラルドは痛みを堪えるような顔をした。

「でも」

アディリスは続ける。

「私はエグバートの象徴になんかなりたくない――――。私の居場所はもうあの国にはない。願わくば、あなたの側にいたいです」

それがアディリスの本音だった。胸中を吐露するのは怖い。幼い頃から愛されたくとも、それを拒否されるばかりだった。

今もそうだ。怖くて怖くて仕方がない。けれどもう何も持っていない自分は、心を見せるしか手段がない。

　アディリスはいつしか涙を流していた。だがそれは、ジェラルドも同じだった。彼の目の端に涙が浮かぶ。次の瞬間にはきつく抱きしめられていた。

「そんなの俺も同じだ。アディリス。もう君は愛していない国のために身を粉にすることはない。君の存在は髪の毛一筋に至るまで俺に愛されるんだ」

「ん……っ」

　奪うような深い口づけ。強引に忍び込んでくる舌を受け入れて自らのそれを差し出す。舌の根元から絡め取られて思う様しゃぶられるのに背中が震えた。

「……っふあ」

「そう言えば」

　甘い吐息を乱すアディリスの口の端に唇を押しつけながら彼は囁く。

「髪を結い上げているところを初めて見た。俺に見せに来てくれたのか？」

「……っ、そ…うです」

「嬉しいな……。よく似合っているよ。綺麗だ」

　彼はまたしても手放しで自分を褒める。だがジェラルドはアディリスの髪留めを外し、せっかく結い上げた髪を下ろしてしまうのだ。

「あ」

「結った髪を解くのも、俺は好きでね」

「……もう」

しょうのない人、とアディリスは彼の背中を抱いた。


くちゅ、くちゅと卑猥な音が部屋に響く。アディリスは快感に喉を反らし、背後から抱きしめてくるジェラルドの肩口に後頭部を押しつけた。

「あ、ん、あぁあ…っ」

下着の中に忍び込んだ彼の指で女陰を押し開かれ、尖った肉の突起を優しく撫でられている。すんなりと伸びた脚がひくひくと震えていた。もう片方の手で乳房を掴まれて揉まれ、乳首を転がされている。弱いところを同時に可愛がられて喘ぎが止まらない。

「ふあ、ん、ああんん……っ」

「アディリス……。改めて、俺の妻になってくれるかい？」

「ん、え……っ」

快楽に惚《ほう》けた頭に睦言が響いた。

「こ、こんな、時に……っ」

「こんな時だから、だよ。言質をとっておかないと」

後で言ってない、と言われても困るからね。と彼は少し意地悪く囁いた。手段を選んではいられないのだ、とも。

「ほら、言わないとこうだぞ」

ジェラルドの指が膨らんだ肉の突起を摘まみ上げ、いやらしく扱《しご》き上げてくる。強烈な快感がアディリスの肉体を貫いた。

「ああんっ、んうう…っ！」

腰骨がびりびりと痺れる。蜜壺の奥からどぷりと愛液が溢れ出した。

「あっ、だめ、だめ、それ…っ！　感じ、すぎ…てっ」

快感が強すぎて苦しいのだと訴える。だがジェラルドはますます興に乗ったようにそこを苛めた。

「俺の奥さんになると言わないと、ずっと続けるぞ？」

「あぁあっ、な、なります、なる…からぁっ」

卑怯《ひきょう》な手に屈服し、彼の望む言葉を口走る。もとより異存はないのだが、こんなふうに言わされてしまうのは少し悔しかった。だが気持ちよさに抗えない。

「いい子だ」

ジェラルドは扱く指を止めて、またさっきのように指の腹で突起を撫で回す。すると下半身が熔けてしまうような快感に包まれた。

「あ、あぁあ…っ」

「このくらいが好き？」

鋭敏なところを優しく擦り上げられる刺激は、頭が蕩けてしまいそうなほどによかった。

「あ、ああ、ふうっ、す、すき……っ」

「じゃあ、このままイこうか」

そう言って根元から撫で上げられると、つま先まで甘い毒に犯されたように痺れきった。

「んぁあっ、ああっ、や、ん――…っ」

腰の奥から脳天にまで快楽が走る。強烈な絶頂感にアディリスは思わずジェラルドの腕にしがみついた。彼の胸に身体を預け、仰け反った身体をひくひくと震わせる。

「は、あっ……」

「……可愛くイったね」

アディリスは羞恥に顔を伏せた。ジェラルドはそんなアディリスの乳房を両手で揉みしだきながら囁く。

「今度は舐めていいかい？」

ジェラルドは舐めるのが好きだ。特に今指で嬲った肉の突起を舌で転がすのが好きで、アディリスはいつも何度もイかされる羽目になる。

くなる。

「だ、だめぇ……」

「どうして。舐めたい」

そんなふうに甘えるようにねだられるのは反則だと思った。何をされても許してしまいたくなる。

「いいだろうアディリス？　君の可愛く膨らんだここを、俺の舌でしゃぶらせてくれ」

「――――……っ」

卑猥な言葉を使われるとそれだけで感じてしまう。なし崩しになったアディリスはジェラルドのほうを振り向くと、抗議するように首筋に噛みついた。

「や、優しく……して。強く吸ったり、しないで」

「……ああ、もちろん」

上擦ったような彼の声が返ってくる。尻のあたりにジェラルドの剛直が当たっていた。それはすでに固く反り返っているというのに、彼はアディリスが何度も達した後でないと挿入してくれないのだ。

シーツの上に倒され、両脚を大きく開かされる。いつもこの瞬間は恥ずかしさで死にそうになる。

「こんなに皮から飛び出して。可愛いね」

「…あ、あっ」

ジェラルドの指で根元まで剝き出しにされてしまい、この後に来るであろう快感の予感に思わず喘いだ。

「たくさん苛めてあげるよ」

舌先がそこに触れ、何度も舐め上げられる。そのたびにアディリスは腰を浮かしそうになり、だが我慢ができなくなって尻を揺らした。

「あ…ああっ、んんんぁあああ……っ」

頭の中が白く染め上げられる。仰け反り、乳首を尖らせながらアディリスは喘いだ。力の入らない指でシーツを握りしめる。

「……ひ、あ、ああんん……っ!」

軽い極みが何度もアディリスを襲った。ずっとイっているような感覚になって、嬌声が止まらない。鋭敏すぎるほど鋭敏になった突起をぬるん、と包まれる感覚がして、びくん、と下肢を痙攣させた。口の中に含まれたのだ。アディリスがさっき訴えた通りに優しく吸い上げられる。

「んん、あぁあ――……っ」

まるで泣いているような声だった。アディリスは蜜壺をひくひくと震わせながらよがり泣く。収縮を繰り返す媚肉に指を沈められるとまた達した。

「は…っ、あ…っあ…っ、あああぁあっ」

肉の突起が舌先で弾かれる。そのたびにぞくんぞくんと背中が震えた。

「一晩中でも味わっていたいな」

「や…っ、だ、めぇ、そんな、したらっ……」

そんなことをされたら、確実にどうにかなってしまう。今だってそうだった。もう許して欲しいのに、彼の舌の動きを腰が追ってしまう。

「冗談だよ。俺もそろそろ限界だ」

ジェラルドは顔を上げると、口元を拭ってからアディリスを抱え上げた。膝の上に乗せられたアディリスの内股に、彼の怒張が触れる。

「自分で挿れてごらん」

「……っ」

そんな、と眉を寄せた。けれど腹の奥がずくずくと疼いている。内部で得る快楽もアディリスの肉体に馴染んでいて、早く欲しいとうねっていた。

「そう、ゆっくりでいい」

ジェラルドの上に乗り、腰を上げる。おずおずと蜜壺の入り口にそれを誘導すると、覚悟を決めたように目を閉じた。

「あ……っ」

そろそろと腰を落としていく。ジェラルドの張り出した部分がぐぷん、と入り口に呑み込まれた。

「んん、んう……っ」

じいん、とした快感が腰を這い上がっていく。

(だめ、ちから、抜ける)

一気にこれを吞み込んでしまうことになる。そんなことになったら。

「あ、あ、あ……っ」

だが感じすぎてしまったアディリスの下肢には力が入らず、ジェラルドのものを自重で吞み込んでしまうことになる。そしてずぶずぶと音を立てながら怒張が体内に挿入されていった。

「んんあああ――…っ」

濡れた内壁が擦られる快感。彼の先端が奥の壁を突き、下腹の奥からじわあっと愉悦が染み出てくる。

「ふあ、あああぁぁあ」

快感が突き抜けてアディリスは達した。絶頂に美しい顔を歪め、淫らな表情を晒す。

「あ、あ…っ、あ、んっ」

「えらいぞ。全部吞み込めたな」

啼泣するアディリスの頭が引き寄せられ、軽く口づけられた。それから太股を抱えられ、下から突き上げられる。

「んん、ああっ」

「君も動いてみろ」

促され、アディリスも必死に腰を上下させる。自身の好きなところに無意識に当ててしまい、そのたびに全身が痺れるほどの快感に見舞われた。

「あああ……っ」

気持ちいい。もうこの身体はジェラルドに愛撫されて感じないところなどどこにもなかった。彼の大きな手で尻や背中を撫でられるとぞくぞくとわなないてしまう。

「んん、く、ああ、あ、熔け…そう……っ」

全身を恍惚で包まれるようだった。突き上げられるごとにじゅぷ、じゅぷと淫らな音が響き、繋ぎ目は摩擦で白く泡立っている。張りのある胸が揺れ、汗を敷いた肌は薄く色づいて火照った。

「アディリス、綺麗だ」

「ん、あ…っ、きゃっ！　あっ、あっ！」

下から突然乳房を掴まれ、揉まれて悲鳴のような声が漏れる。ジェラルドの指がアディリスの豊満な乳房の中に埋まっていった。耐えきれずに仰け反り、内奥の剛直を強く締めつける。

「ああっ！　あっ、ああっ！　――――～～っ！」

「くっ……！」

内奥に熱い飛沫が叩きつけられ、アディリスは一際大きな絶頂を迎えた。身体が飛んでいきそうで、息ができない。大きすぎる悦びにただ打ち震えるのみだった。

「あ、あっ、……っ」

力を失った肢体がジェラルドの上にぱたりと倒れ込む。それを受け止めてくれたのは逞しくて優しい腕だった。

「……アディリス」

「ん……」

まだ呼吸は乱れていたが、構わず唇を重ねる。はあはあと呼吸を繰り返しながら重ねる角度を何度も変えた。

「俺の妻だ」

「ジェラル、ド……っ」

込み上げてくる涙に何も言えなくなる。

そんなアディリスを、ジェラルドはずっと抱きしめていた。

デラウムの元首、ジェラルドとエグバートの女将軍だったアディリスの結婚式はしめやかに行われた。国民へのお披露目は後日行われるとして、挙式は関係者だけで行われる。ジェラルドのイメージから言うとどちらも盛大に行われそうなのに、アディリスは意外だな、と思った。それを彼に伝えると、「俺だってたまには噛みしめたい時もあるさ」と微笑まれた。

アディリスとしては何も不満はない。本来は人前に出ることはあまり得意ではないタイプだ。元首夫人となるからにはある程度は覚悟はしているが、式自体はひっそりと挙げたいと思っているので、彼の考えには同意している。

その日のアディリスの装いはたっぷりとしたベールにいくつもの宝石を縫いつけたシルクのウェディングドレス。結い上げた髪には生花をあしらい。瞳の色と同じ紅玉のイヤリングをつけた。

何か青いものをひとつ身につけると幸せになれると言われているらしく、ドレスの裾に青い刺繍《ししゅう》が施されている。

すっかり支度の調ったアディリスを前にして、ジェラルドは眩しそうに目を細めた。

「なんだか感動して泣きそうだよ」

「そんな大げさな」

「大げさなものか。俺はこの日をどんなに待っていたか」

アディリスのことをずっと気にかけていてくれたというジェラルド。そんな彼が言うのだから、本当なのかもしれない。

「ジェラルド、私を見つけてくれてありがとう」

そう告げると彼はこの上なく幸せそうに笑った。

それにしても、今日の彼の装いはとてつもなく目映《まばゆ》かった。

金の刺繍と縁飾りの入った、濃紺の丈の長い上着。同じ色のトラウザーズに磨き上げられたブーツ。普段の流行の服に美を包んだ彼も素敵だが、かっちりした出《い》で立《た》ちも似合う。これでは国中の女性が彼に恋をしてしまうのではないだろうか。それは少し困るな、とアディリスは思った。

「ジェラルドも、見惚《みと》れてしまいます」

「アディリスにそう言ってもらえるのが何より嬉しいよ」

そしてお互いに照れくさそうに笑い合った。

式典は厳かに進んだ。大聖堂に鐘の音が響き渡り、神父の誓いの言葉に答える時は緊張して声がひっくり返りそうだった。ベールを上げられ、彼の部下や招待客たちが見守る中で口づけを交わす。

――ああ、本当に彼の奥さんになったんだ。

大聖堂の天井に描かれたきらびやかな天使の絵を眺めながらぼんやりとそんなことを思う。

式は滞りなく終わった。この後は元首宮で宴が催される。

「アディリス様、申し訳ありません。向こうで人手が足りないそうで……。手伝ってきてもよろしいでしょうか」

いつも世話をしてくれるメイドが申し訳なさそうにアディリスに告げる。宴の準備で忙しいのだ。この後はアディリスは着替えるだけだから、別に一人でもいい。

「構わないから、向こうに行ってあげて」

「申し訳ありません。ありがとうございます！」

ウエディングドレスは着るのは一人では難しいが、脱ぐのは問題なくできるだろう。宴でも新しいドレスを着なければならないようだが、それは自分の部屋でもできる。

ウエディングドレスの裾をたくし上げ、アディリスは控えの間に戻る。近くには誰もいなかった。ジェラルドも着替えに行ったのだろう。

「――アディリス様」

その時、背後からかけられる声にアディリスは肩を強張らせた。声の響きに違和感がある。いつもデラウムで皆が呼びかける声とはどこか違っていた。

「――――誰？」

アディリスは振り返る。すると柱の陰から一人の男が姿を現した。フードを目深に被っている。

「アディリス様。お迎えに上がりました」

そう告げて男はフードを下ろした。五十前後と見られる顔立ちだった。

「私はレガトン・シャイアーというものです。エグバートの王宮で近衛《このえ》を務めておりました」

アディリスは男が発した言葉で、彼がエグバートからやってきたのだと気づく。今、ジェラルドとアディリスの結婚でこのデラウムを訪れる者も多い。この国の性質上、ジェラルドは旅人や商人を積極的に受け入れている。それらに紛れて入り込むのはそんなに難しいことではなかったろう。

「処刑されたのだと思っていたら忽然《こつぜん》と姿を消したという。いったいどこの誰が手助けをしたのかと思いました。しかし、デラウムのレアンドル元首だったとは……。女だてらに剣を振り回しても、やはり女というわけですかな。その婚礼衣装も実に美しい」

「何をしにここに来た」

「あなたに、エグバートを再興していただきたいのですよ。アディリス皇女」

やはりそういうことか。

アディリスは得心して警戒を強めた。レガトンはアディリスが驚かなかったことにおや、と眉を上げる。

「驚かないのですね。知っていたということですか」

「つい先日に知った。いい機会だから言ってやろう。私は行かない」

レガトンの眉がぴくりと動いた。

「どういうことですかアディリス皇女。あなたはには正統なる皇帝の血が流れている。今こそエグバート復興の狼煙《のろし》を上げるべきでは」

「……あの国にはもう私の居場所はない。今の私の家はここだ」

「なんと。嘆かわしい」

「利用されるだけだと知っていてついていく奴がどこにいるというのか」

唯一、ジェラルドにならたとえ利用されてもいいと思った。だが彼はそんなことはしないともう知っている。

「私がエグバート帝の血を引いているなどと誰も教えてはくれなかった。今になってそのようなことを言われても知らぬとしか言いようがない」

「……どうあっても私と来てくださらないと？」

「くどい。行かない」

「では……、いたし方ありませんな」

レガトンが片手を振ると、手に小型の刃物が装備されていた。刃先が妙な色に変色している。

(毒か)

おそらくあの毒でアディリスの自由を奪い、拉致するつもりなのだろう。皇帝の近衛と言えば暗器《あんき》を使う者もいると聞いたことがある。

(……まずいな。こちらは丸腰だ)

それも動きにくいウェディングドレスだ。この状態で果たして素手で制圧できるかどうか。

「その美しいお身体に傷をつけるのは忍びませんが――」

レガトンが動いた。刃物がアディリスの腕すれすれを掠める。

「よくかわしましたね。ですが次はどうですかな?」

ひゅ、と空気が鳴る。次も見切ったアディリスはぎりぎりのところで刃《やいば》を躱《かわ》した。だが反撃の機会が訪れない。襲いかかる三撃、四撃も当たらなかったが、確実に追いつめられている。

「さすがの身のこなし。ですが、もうそろそろでしょう」

「――」

足にドレスの裾が絡んでいる。次は果たして躱せるかどうか。

「アディリス様、お覚悟！」

「……っ！」

毒の刃が迫る。それがアディリスの肌を傷つけようとした時だった。横から飛び出してきた影がキン、と音を立てて毒の刃を弾く。アディリスは瞠目してその影を見た。

「……ジェラルド……！」

「無事か、アディリス」

アディリスの前にジェラルドが立ち塞がっている。その手には剣が握られていた。

「俺の妻を害そうとするなど、いい度胸だ」

「……レアンドル元首か」

レガトンが暗器を構える。アディリスは慌ててジェラルドに忠告した。

「ジェラルド。その男は皇帝の近衛部隊のものです。エグバートの近衛には、暗殺を担当する者もいました」

「なるほど、それだけでエグバートの皇帝の為人《ひととなり》がわかるというものだな」

ジェラルドが不敵に笑う気配がする。どうする。ここで彼から剣を借り、自分が戦ったほうがいいのか。

「君は下がっていろ」

だがジェラルドは自分がレガトンと対峙するつもりだった。

「邪魔をするな！」

レガトンが新しく装備した暗器を振りかざして突進してくる。アディリスは息を呑んだ。

「……っ！」

だが勝負は一瞬でついた。ジェラルドの剣の一撃がレガトンを見舞い、男は声もなく倒れていく。そこに遅れて数人の兵士が駆けつけた。

「ジェラルド様！」

「ご無事ですか！」

「ああ」

ジェラルドは振り向きざま剣を鞘に収める。

「まだ息はある。手当して事情徴収しろ」

「はっ！」

兵士たちは手際よくレガトンを運んでいった。

「――――すまない。一人にして」

アディリスは何も言えず、ただ首を横に振る。

「……あなたがこんなに剣が使えるなんて、知らなかった」

「元首になる前はあちこち飛び回って商売していたからな。危険な目にも遭った。荒事には慣れている」

彼はアディリスに近づくと、肩を撫で下ろした。

「よかった。どこも傷ついていなくて」

「どうしてわかったんですか？」

「不審な男がここに忍び込んだと報告があった。君は丸腰のはずだと思って急いで駆けつけたよ」

「……助けてくださってありがとうございます」

「妻を守るのは当然のことだろう？」

少し戯《おど》けたように答えるジェラルドに、アディリスは小さく微笑む。

「本当にあなたの妻になれたんですね」

「それは俺もさ。やっと君の夫になれた」

そんなふうに言われて、アディリスはくすぐったい思いに肩を竦めた。

皇帝の血など今更どうでもいい。私はこの人の傍らで生きていくのだから。

「さあ、君の着替えを手伝おう」

「変なことはしないでくださいね」

「考えておくよ」

アディリスは肩を抱かれ、歩き出していく。

何よりも大切な人と一緒に。

空には鳥が渡り、青い空に白い雲が浮かんでいた。

そんな当たり前のことを感じられるようになったことが嬉しいと、アディリスは思うのだった。

あとがき

こんにちは、西野花です。「買われた女将軍は執着愛に縛られる」を読んでいただき誠にありがとうございました！

今回は久しぶりにＴＬを書かせていただきまして、やはりおっぱいはおっぱいでよい……！　と、女の子のよさを噛みしめていたところです。

私の書くヒロインはだいたい二分されていまして、バトルヒロインか淫乱ドＭのどちらかなんですが、今回はバトルヒロインになりました。まあ言うほど戦っておりませんが。

イラストを担当してくださったゴゴちゃん先生、ありがとうございました！　ゴゴちゃん先生がデザインしてくださったアディリスはまさにイメージぴったりで高潔な中のえっちさがたまりません。ジェラルドも『柔和なオラオラ男子』の感じがよく出ているイケメンでした。ありがとうございます。

担当様もいつもお世話になってやります。お手数をおかけして申し訳ありませんでした。面倒を見てくださり感謝しております。

ＴＬはまた今後も書いていきたいなと思っております。もっと湿度の高い官能色多めのやつとか書いてみたい。今回のお話もけっこうエッチだったとは思いますが。

あと最近の新しい趣味として紙モノにはまっておりまして、コラージュを始めたんですが素材を爆買いしすぎてすでに収納がパンクしており、三段ワゴンを買いました。それでも収まりきれません。そういえば私は子供の頃からシールとか貼るのが好きでした。よく家の壁にシールを貼って母親に怒られたりしたものです。少し前まで手元にあるシールやマステの使い道はないかと手帳デコなど調べてみたのですが、私には手帳を記す習慣がありませんでした（予定は机の前のカレンダーに書き込む）。そしてコラージュの存在を知った時に「これだ！」と思ったのでした。皆様も楽しい趣味ライフを。

それではまたお会いできると嬉しいです。

西野　花

X　hana_nishino

西野花先生、ゴゴちゃん先生へのお便り、
本作品に関するご意見、ご感想などは
〒101-8405
東京都千代田区神田三崎町2-18-11
二見書房　ハニー文庫
「買われた女将軍は執着愛に縛られる」係まで。

本作品は書き下ろしです

Honey Novel

買《か》われた女将軍《おんなしょうぐん》は執着愛《しゅうちゃくあい》に縛《しば》られる

2024年 7月10日　初版発行

【著者】西野花《にしのはな》

【発行所】株式会社二見書房
東京都千代田区神田三崎町2-18-11
電話　03(3515)2311［営業］
　　　03(3515)2313［編集］
振替　00170-4-2639
【印刷】株式会社 堀内印刷所
【製本】株式会社 村上製本所

落丁・乱丁本はお取り替えいたします。
定価は、カバーに表示してあります。

ISBN978-4-576-23120-4

https://www.futami.co.jp/honey

甘くとろける蜜の恋☆濃蜜乙女レーベル

Honey Novel

秋野真珠の本

蜜色政略結婚
～不器用領主の妻迎え～

イラスト＝潤宮るか

王族に嫁ぐべく育てられた領主の子女・シルフィーネ。ところが、王命により敵対するクランの領主であるウォルフと政略結婚することに——

阿部はるかの本

左遷騎士と恋する羊飼い

イラスト=ウエハラ蜂

羊飼いのニナは人買いから逃げて行き倒れたところを騎士のアルベルトに助けられる。訳ありふうの寡黙な彼に惹かれていくニナだが…